D1670152

Klaus Ungerer
Das Fehlen

Für Sylvia

Klaus Ungerer

Das Fehlen

Novelle

edition schelf

1 Das Sehen

Cantian / Gaudy

In Australien haben sie jetzt einen Stein gefunden, der älter ist als die Erde. Das heißt, eigentlich haben sie ihn eher gejagt. Mit 15 Kilometern pro Sekunde war er angerast gekommen, von irgendwo hinter dem Orbit des Mars, wo er die letzten paar Milliarden Jahre verbracht hat, ehe ihm langweilig wurde. Wochenlang schon hatten sie ihn kommen sehen, aus den schwarzen Himmeln stürzend, auf unsere Erde zu. Unsere Teleskope hatten ihn erwartet, hatten seine Bahn verfolgt, sein Ziel berechnet, die Forscher hatten 32 Kameras im australischen Outback in Stellung gebracht, um seine Bahn kurz vor dem Aufprall auszulesen, sie hatten die Ureinwohner in Kenntnis gesetzt, und sie hatten, nachdem er in einem Feuerball seinen langen Sturz zu Ende gebracht hatte, ein Flugzeug, eine Drohne, zwei Quads gemietet, hatten einen Führer aus der Gegend auf ihre Seite gebracht.

Dann jagten sie den Stein. Aus den Fotos vom glühenden Streif ergab sich eine schlüssige dreidimensionale Bahn, sie grenzten die Absturzstelle auf eine Strecke von 550 Yards ein, im matschigen weichen Untergrund, nur wenige Kilometer vom Lake Eyre entfernt, wo der Stein auf eine weitere Ewigkeit verloren gewesen wäre. Die Drohne flog, das Flugzeug kreiste, vom Boden aus wäre die Einschlagstelle wegen des Regens der letzten Tage kaum auszumachen gewesen.

Aber sie fanden den Stein. Einen halben Meter tief lag er im weichen Boden des australischen Outbacks. Mit den Händen gruben sie ihn aus, grau, drei Pfund schwer. Er sah aus wie ein Stein.

Er war das Älteste, was irgendjemand jemals in den Händen halten würde.

Daran muss ich hier am Zaun zum Jahnsportpark denken, wo jemand für einen Diavortrag über die australische Wüste plakatiert hat, hübsch rot-orange alles, Ayers Rock natürlich als Star mitten im Bild.

Ayers Rock. Uluru. Das Göttliche. Die Ewigkeit. Man muss ihn nur sehen, dann weiß man es: Dies ist Gott. So ewig, so mitteilungsarm. Die Käsereibe unseres Denkens.

Mit solchen Gedanken schlendert man nun am Jahnsportpark vorbei, mit solchen Gedanken sieht man die Stadt, durch die das Gewürm zur Arbeit kringelt, den Hund ausführt, verliebt ist, Schnupfen hat, jetzt noch nach einer Winterjacke sucht.

Die Leute tun ja immer so, als ob man tief im Wald erst in der Natur wäre. Aber das ist nicht wahr. Der Wald, das ist ein Kaffeeklatsch mit den Kumpels, das ist alles organisches Material, so wie du und ich, entstanden, um kurz zu blühen, zu verwelken, sich auffressen zu lassen von den lieben Verwandten. Der Wald, das ist das Leben, diese lustige kleine Laune der Natur, kürzlich erst aufgetaucht, und niemand kann sagen, wie lange es sich halten wird.

Die Stadt aber, schaut euch mal um. Da ragen Wände auf aus gebranntem Ton und gehärtetem Mörtel, da spiegelst du dich im Glas, Kristall aus Sand, der vor Milliarden Jahren schon da war, bevor menschliche Zwerglein ihm vorübergehend eine neue Form gaben. Unter mir die großen Granitplatten, Schweinebacken genannt, die längst vermoderte Arbeiter unterm Kaiser hier verlegt haben im längst verdampften Schweiß ihrer längst vergessenen Gesichter, Granit, der vor Zigmillionen Jahren aus waberndem Magma erstarrte, dazwischen sind dann noch die ewig langen Ansammlungen von hingeklöppelten Kalksteinchen, zusammengehalten von Sand. Wenn wir diese Straßen entlanggehen, gähnt uns die Stille des Universums an, die Stille des Kristalls, der praktisch ewig haltbaren Verbindungen, aus denen unsere Körper sich für einen winzigen, illusionären Augenblick erhoben haben, um im nächsten zu verpuffen, unsere Körper, die hier die Straßen entlang wandeln, die durch die Siliziumscheiben schauen, die in den großen, fünfstöckigen Aufschichtungen von gebrannter Erde verschwinden.

Wir sind umgeben von Schweigen.

Schon als kleiner Junge bin ich hier herumgelaufen, am Jahnsport entlang, die Kastanien hoch, die Oderberger runter und wieder zurück, unter mir Stein und neben mir Stein und über mir der dröhnende Urschrei des leeren Himmels, den wir alle nicht hören wollen und der uns antreibt, bald hierhin, bald dort.

Cantian / Mila

Ich werde jetzt nicht erzählen, wer Alina ist.

Aber Alina sitzt in ihrem Laden, während ich hier in der Milasonne stehe, überraschend warm noch, und mein Kopf an dem Liebesroman schreibt.

Alina sitzt in ihrem Laden, Kastanienallee, es ist kein Kunde da, über ein Buch gebeugt sitzt sie an der Kasse, mit ihrem bisschen traurigen und noch mehr trotzigen Gesicht, mit ihren hochgesteckten schwarzen Haaren, in ihrem sachlichen schlanken Körper. Was man nicht sehen kann, nicht im raschen Vorbeihuschen am spiegelnden Schaufenster, das sind ihre Sommersprossen, ist ihr Lachen wie ein Sonnenschein, der aus Regenwolken bricht. Wenn man es hinkriegt.

Was man auch nicht sehen kann: ob sie an mich denkt, wie sie da sitzt.

Die Chancen stehen eher so, dass sie über den Ladenfinanzen brütet. Oder ein Morgenknatsch mit dem Freund noch in ihr rumort. Oder das Lenchen vor der Schule gebummelt hat und nervig angetrieben werden musste, und Alina steckt das alles im Nachgang noch irgendwo hin.

Ich hätte das gern gesehen. Wie Alina ihr Lenchen antreibt.

Ich hätte auch gern den Knatsch mit ihr gehabt.

Alina sitzt am Tresen. Liest Diderot. Vielleicht ist auch, pling, eine Kundin reingekommen. Alina erkundet ihre Wünsche mit ihren forschenden Augen. Oder einer von den Jungs aus der Kastanien ist da, auf einen Kaffee, einer von den mittelalten, erstangegrauten, verliebten.

Linn sagt: Wie die Hunde.

Wie die Hunde lungern die Männer aus der Kastanien dort

herum, seit Alina ihren Laden aufgemacht hat. Trinken Kaffee. Schieben ein Grinsen in den Bart. Erzählen von ihren Weinstuben, ihren Buchverträgen, ihren Ex-Bands.

Dass einer von ihnen nicht in Alina verliebt ist, entzieht sich meiner Vorstellungskraft.

An den Hecken, auf der anderen Seite der glänzenden Straße, mich übersehen habend vielleicht, zieht die gesteppte blonde Anja vorbei, mit ihrem großen roten Setter, den sie fürs Vögeln immer in die Küche einsperren muss. Ein gelber Twingo rollt ihr entgegen. Dann liegt das Pflaster still.

Was sich meiner Vorstellungskraft nicht entzieht, immer noch nicht: dass Alina mit mir eine Runde im Park spazieren geht, weit weg, eines Tages. Dass sie Zeit für mich hat, über die Ladenzeit hinaus, eine Stunde oder halbe. Dass wir uns am Märchenbrunnen treffen (wo ich, bevor sie kommt, schnell noch einen Steinfrosch gestreichelt habe).

Dass wir eine Runde gehen. Volkspark Friedrichshain. Nur diese eine Runde. Dass ich ihr ein paar Worte sage. Die ich ihr sagen muss. Dass sie mich ansieht mit dem unverwandten Blick aus ihren tiefblauen Augen, zwischen den Sommersprossenfeldern über den hohen Kuppen ihrer slawischen Wangen. Dass mich ein kleiner Wind anweht, ein kleiner Berliner Wind, nach Osten hin, mit ein bisschen Berliner Sprühregen drin. Dass die Wolken dunkelgrau am beigen Himmel hängen, Krähen kreisen, Tüten fliegen, Mütter ihre Kinderwägen schieben, Jogger aus dem Nichts in ein anderes Nichts schnaufen …

und dass ich irgendwie gar nicht gehört habe, was Alina mir geantwortet hat.

Cantian / Tops

Das ist lustig. Am Jahnsportpark lese ich gerade dieses eine
Hinweisschild durch, vom Erlebnisweg Fußball oder wie das
heißen mag, wo sie noch das alte Herthawappen drauf haben,
mit dem komischen Ring drumrum. Lese mir das durch,
nichts, was man nicht schon wüsste.

Dass an diesem Ort, wo jetzt der Jahnsportpark mit seinem
Stadion liegt, bis ins 19. Jahrhundert preußische Soldaten ge-
drillt wurden. Auf! Nieder! Nieder! Auf! Zu den Waffen. Zwei
große Exerzierplätze gab es im Großberliner Raum, einen im
Süden in der Hasenheide, einen im Norden, hier oben, wo
man den Anstieg der Prenzlauer Höhe geschafft hat, und wo
noch zu Fontanes Zeit viel Platz war, weil die Stadt unten am
Schönhauser Tor schon zu Ende war, zwei U-Bahn-Stationen
entfernt heute, und die Landpartie begann. Hatten die Kutsch-
pferde den Hügel erobert, um weiter Richtung Prenzlau
zu traben, oder auf die idyllischen Dörfer Weißensee oder
Hohenschönhausen zu, so kam man genau hier, am Exerzierplatz, an der Einsamen Pappel vorbei, und vielleicht waren da
gerade lange Reihen von Soldaten zu sehen, die an den Dänen
oder an den Franz ran sollten, Reihen, die auf Zubrüll parier-
ten, mit den spottlachenden Krähen in Kreisen über den
Köppen – oder man kam eben ein paar Jahre später vorbei,
Ende des 19., als die Welt noch Welt war, als alles noch passte,
Könige, Prinzessinnen, Arbeiter und Bauern; als erst leichtes
Knirschen eingesetzt hatte im großen Gebälk, da konnte man
sie laufen sehen, die Botschafter einer neuen Zeit: Mit Käppi
druff, in gestärkten Hemden, rasten sie dem Leder hinterher,
riefen einander zu, jubelten, fluchten, schlichen klackernd

und bematscht zur Oderberger hin nach dem Kick, denn in der Oderberger war das Lokal, in dem sie sich umzogen, die Herthaner, und steht dort bis heute.

Das alles weiß ich schon längst, und es ist dort auch alles nicht zu lesen, oder nur in sehr verknappter Fassung, dafür auch in Englisch noch mal, aber es sind doch ein, zwei Fotos da, die ich nicht kenne: Sie zeigen Fußballspieler im Nostalgiedress mit klobigen Stollenschuhen, sie zeigen das heutige, bereits wieder zum Abriss verurteilte Stadion im frisch eröffneten Schwarzweißprunk, eines dieser weit gedachten, weit geschwungenen Stadien noch, die die Welt und den Kosmos mit hereinholen sollten in den ewigen Kampf der Kicker, kein TV-optimierter Eventkasten mit fliegenden Kameras und perspektivisch verzerrter Werbung neben den Toren.

Im Stadion muss man den Rasen riechen.

Vom Stadion aus muss der Himmel ganz groß sein.

Entwerfe ich gerade Forderungen in meinem Kopf, als tatsächlich Mork anpiept.

Mork piept, er hätte vielleicht eine Karte für die Kurve über am Samstag. Ob ich da zu den Interessenten zähle.

Das ist lustig. Der ist lustig.

Ob ich zu den Interessenten zähle?

Bernauer

Ich habe immer versucht, es mir in diesem erhabenen Gebirge wohnlich zu machen. Habe in den Straßenschluchten, in den Häusern und Parks Erinnerungen zu pflanzen versucht, warme, freundliche Erinnerungen, Erinnerungen der Lust und der Scham und der Pein, Erinnerungen, die Namen haben,

Namen von Frauenkörpern, Frauenkörpern mit ihren je eigenen Bewegungen, ihren je eigenen Stimmen und Geschichten und ihrer je eigenen Art, ihre Geschichten zu erzählen. Frauenkörper, die ihren Kopf ein wenig schief legen und ein etwas unsicheres Lächeln zeigen. Frauenkörper mit nackten, aufrechten Rücken. Frauenkörper, die perfekt verhüllt und geschmückt worden sind, die selbst dann noch zum Niederknien und Kosen und zum Benetzen einladen, wenn sie eben, Arsch oben, auf dem Rennrad um eine Biegung am Nordhafen fahren; wenn sie mit einem Rotkäppchensekt aus dem Späti treten; mit Kleenex im Schritt ins Badezimmer verschwinden; Frauenkörper, die duften, dass man die Augen schließen und einschlafen mag. Ich habe immer mehr von ihnen gepflanzt, Erinnerungen an diese geliebten Körper, in den Stadtteilen, in die ich kam, in den Straßen, durch die ich ging. Habe, in mühevoller Kleinarbeit, Parkbänke, Kneipen, Cafés zu gesegneten Orten, zu Orten voller Geschichten, habe dieses Berlin zu meiner Heimat gemacht.

Kastanien

Auf der Kastanienallee, gegenüber der Buchhandlung, schaue ich im Gehen mein Handy an. Wozu sollte ich in den Laden rübergucken, wozu stehenbleiben, die Seite wechseln, die Tür zum Buchreich öffnen gar?

Was ich von Alina zu erwarten habe, nichts, das weiß ich ja. Das Nichts ist ausgesprochen, das Nichts ist in der Welt, der Strahlenkranz über Alinas Gesicht hat es damals eingebrannt ins Handlungszentrum in meinem Gehirn. Da ist jetzt eine Sperre. Fix.

Der Tag wird kommen. An dem ich da wieder rübergehe. An dem ich da wieder reingehe, ins Bücherreich. An dem ich den schönen Büchern freundlich zunicke, streichle das eine oder andere, in die Hand nehme zwei oder drei.

An dem Alina einfach kurz lächeln und dann weiter ihren Krempel machen wird, irgendwann fragen wird, ob sie helfen kann, ob ich einen Kaffee haben möchte.

Der Tag, an dem alles neu sein wird und ich vergessen.

Bis da hin muss ich so weiter machen, auf der Höhe ihrer Buchhandlung, auf der Kastanienallee. Den Kopf gesenkt, ziehe ich langsam und offensichtlich zufrieden mit der Welt, unbedrängt von Unglücksgefühlen, die Kastanien hinunter, denke gar nicht mehr an das alles, habe Alina schon wieder vergessen, so wie man das Eis vom letzten Sommer nicht mehr weiß, so wie man den Hund nicht mehr kennt, der einen als Kind mal verzückt hat, so wie man den Geschmack von dieser einen grünen Brause nicht mehr auf die Zunge bekommt und es auch egal ist so …

Latsche ich die Kastanien hinunter. Den Blick aufs Fon. Und da steht was.

Steht eine Nummer. Merkwürdige.

Merkwürdige Vorwahl. Brandenburg?

Jemand aus Brandenburg hat mich angerufen. In Brandenburg kenne ich keinen Menschen, und dass das eine brandenburgische Nummer ist, weiß ich auch nur, weil die von meiner Oma in Guben …

Moment. Meine Oma?

Meine Oma kann nicht angerufen haben.

Kastanien / Zionskirch

Bank. Zionskirche. Mir textet Linn. Linn weiß alles. Sie sagt, warum soll ich das nicht aufgreifen mit dem Liebesroman?

Ha, ha. Witzig. Ich sage zu ihr:

erbitte memos, was in dem liebesroman vorkommen muss.

Linn schreibt, in ihrer ersten Sprechblase:

viele zigaretten noch vor dem frühstück ... schlaflose nächte ... unzählige telefonate voller sehnsucht, enttäuschung und zärtlichkeit mit dem geliebten ... unzählige telefonate voller tränen, interpretationsversuchen und trennungsphantasien ... facebook unfriending

In ihrer zweiten Sprechblase:

die versuchung, alte mails, skype protokolle und sms zu lesen und bilder anzusehen ... ihr zu erliegen ... fantasien über eine gemeinsame zukunft vor dem einschlafen, obwohl alles längst vorbei ist ... sms nach der trennung, betrunkene, die man bereut ... weiche knie, wenn man den geruch des geliebten ...

In ihrer dritten Sprechblase:

hoffnungen, von denen man weiß, dass sie nie erfüllt werden ... mails an den ex-geliebten, von denen man niemandem erzählen kann, weil sie einen sonst für irre halten ...

In ihrer vierten Sprechblase:

an jeder straßenecke, bei jedem song, überall in der wohnung, im job, dem wagen, dem thermobecher, der hautcreme, der zugroute, am eigenen körper – überall erinnerungen an ihn ...

In ihrer fünften Sprechblase:

das telefon anzustarren ... zu realisieren, dass er nicht mehr anrufen wird ... zu wünschen, ihm nie begegnet zu sein ... alles, was nicht geschehen ist, zu beweinen ... keinen appetit mehr zu

haben ... auf dem sofa zu sitzen und betäubt vor sich hin zu
starren ... ghosts of my life von japan zu hören ... sicher zu sein,
dass man sich nie wieder verlieben und für immer allein sein
wird ...

In ihrer sechsten Sprechblase:

ach, und ich habe noch die besuche bei der ärztin vergessen
... schlaftabletten ... antidepressiva ...

Ich schreibe:

linn, was geht?! ab „japan hören" habe ich mir wirklich ein
bisschen sorgen gemacht.

Kastanien

Kurz vor der Schwedter Straße ist diese Videothek, an der
komme ich kaum vorbei. Das eine ist immer die Frage, ob
man sich mal einen guten Film holen sollte, oder ob man
nicht doch recht eigentlich nach hinten in den verbotenen Be-
reich vordringen und einen Porno mitnehmen möchte. Dann,
wie peinlich das ist. Wie einen das angeilt und entblößt. Wie
jeder neugierige Seitenblick zum falschen Regal aus dir einen
Männerfickfreund machen kann, oder wie du dich schämst zu
sehen, wie Leute Durchfall aufeinander verschmieren. Und
dass es dich hierhergezogen hat. Wie du versuchst, dir keine
besondere Regung aus dem Gesicht sprechen zu lassen. Wie
du dir vorstellst, dass man, wenn, dann in dieser Abteilung
neugierig beobachtet wird durch die Kameraaugen.

Aber heute kommt es gar nicht so weit. Heute ist ein Tag
der Reinheit. Heute bleibe ich schon an den Schaufenstern
hängen. Auf Filmplakaten haben sie gleich drei der Frauen
rausgehängt, die ich mir als Mutter gewünscht habe in meiner

Wunschmütterliste. Anne Bancroft ist dabei, noch mit 80 so schön. Noch mit 80 eine große emotionale Terroristin, eine ganze Familie ächzt unter ihr, lacht nur heimlich über sie, umarmt und küsst sie. Sophia Loren ist dabei, ein früher Fehltritt von mir, und doch hat die Liebe nie aufgehört zu lodern. Susan Sarandon ist dabei, die jetzt neulich Pseudoärger in den Medien bekommen hat, weil sie mit 69 ein flottes Dekolleté zur Schau trug, und die auf Twitter dann nachgelegt und ein Bild im BH gepostet hat. Was für eine Frau! Wäre man da Kind gewesen. Sie wäre reingekommen, mit ihren großen, freundlichen Augen, im schwarzen Spitzen-BH, sie hätte gelächelt und gesagt: Du, meinst du nicht, dass du hier noch ein bisschen aufräumen könntest vorm Abendessen?

Und man hätte gestarrt, genickt und aufgeräumt.

Kastanien

An einer Stelle lasse ich ihn in die Buchhandlung kommen, so wie es in echt war. Penny, Bourdieu, Fallada. In der Mitte Alina.

Alina, wie sie keine Miene verzieht, als sie ihm einen Kaffee zapft. Alinas knochige schlanke Hände. Die schlechten Tattoos auf ihren Unterarmen, über die er noch nicht mal was weiß. Alina, wie sie ihm die dampfende Kaffeetasse rüberschiebt, wie sie Schnute zieht, sagt: *Übrigens. Ich bin jetzt wieder zusammen mit meinem Ex.*

Wie da Musik in seinem Kopf spielt, ganz merkwürdig traurige und doch hoffnungsvolle Musik, Musik vom Aufbrechen, Umbrechen, Wegbrechen, in die Tiefe stürzen. In eine Endlosigkeit, mit den Armen rudernd, in die Kamera starrend, tief und immer tiefer, so wie die Filmbösewichter aus ihren Filmen zu verschwinden pflegen, und nie weiß man, ob sie nicht doch eines Tages wiederkommen werden, ob sie nicht doch schon den Vertrag für das Sequel in der flatternden Manteltasche haben oder doch wenigstens in aussichtsreichen Verhandlungen sind, die Filmbösewichter, und ob sie nicht doch immer noch Hoffnung haben auf weitere Bosheit, während die Welt an ihnen vorbeizischt.

Ah, sage ich.

Beziehungsweise, sagt er.

Der Kaffee schmeckt irgendwie komisch. Irgendwie bitter. Manchmal ist das so bei Alina. Gesagt hat er es ihr noch nie.

Alina muss ja Bücher lesen, immer neue, wichtige Bücher. Sie ist ja hier nicht die Kaffeemaschinenfrau.

Und? Sagt er. Und merkt sich nicht an, ob er sich was anmerken lässt. *Wie ist das so?*

Und es ist okay. Sagt Alina, immer mit der Schnute, immer ungerührt as fuck, und darunter könnte doch theoretisch ein Lavasee brodeln. *Bisschen was fehlt zwar*, sagt sie. *Dafür hab' ich wieder Sex.*

Sex. Alina. Alina. Sex. In seinem Kopf geht alles durcheinander, es ist die totale Reizüberflutung. Alina, Sex. Sex mit Alina.

Das ist als ob Sonne und Mond ineinanderstürzten. Das absolute No-go. Overkill. Armageddon.

Sex mit Alina. Hat er sich irgendwie nie vorgestellt. Obwohl sein ganzes Sein um nichts Anderes zu kreisen schien, zuzurasen, zuzutaumeln wie ein brennendes Raumschiff auf die Oberfläche eines unbekannten Planeten.

Er hatte nie über Sex nachgedacht mit Alina.

Oft stand er kurz davor. Und jedesmal unterbrach er sich, bog seine Gedanken in eine andere Richtung ab. Zu irgend einem Gespräch mit Alina, an das er sich erinnerte, oder das er sich ausmalte, oder wie eine schwarze Strähne unter ihrer Wollmütze vorlugte. Oder zu Sex mit ganz anderen Leuten.

Das war, wie man ein Heiligtum nicht betritt. Das war, wie man ein großes Wort nie aussprechen darf. Wie wir im Olympiastadion nie auf den Rasen dürfen.

Das war deshalb, warum er nie mit ihr geschlafen hatte.

Hätte er mit ihr geschlafen, hätte man ja denken können: Er wollte mit ihr schlafen. Aber wollte er ja gar nicht. Er wollte Alina in die Augen schauen, und wieder geht der Berliner Wind durch die Büsche, warte ma Waldi, kiek ma, nee, nee, nu lass ma, Waldi! Waldi!

wollte

mit seinen Fingerspitzen

ihre Fingerspitzen berühren

und sterben

und aufwachen in einem anderen Land.

Oderberger

Das mit dem Sexhaben ist ja gar nicht so intim wie immer getan wird. Sexhaben, das ist Rumstöhnen, einanders Weichteile in den Mund nehmen, süßer Gestank. Sexhaben, das ist Kippschalter auf Geilheit, das ist Porno, die schnuckligsten Mädels sagen dir, dass du sie bitte in den Arsch ficken sollst, und dass sie deine Fotze sein wollen, und dass du sie in den Mund ficken sollst, und die bravsten Mädels lutschen dir deinen Saft raus und schlucken ihn runter, oder sie wollen dein Sperma auf die Bluse von Tante Luise gespritzt haben, und das hat ja alles gar nichts mit den echten Personen zu tun. Das ist nicht intim, das im Bett. Oder auf dem Sofa. Oder vorm Badezimmerspiegel (Ellen, du Ferkel!). Das gilt nicht, da sind keine Menschen, keine Personen dabei. Das ist wie Karneval, der Spaß an der totalen Entgrenzung von allem. Das ist der Gegenpol zum Umeinanderlaufen auf der Straße, immer alles vollbekleidet, kaum mal ein Blick zum andern, nie ein Erkennen, nie ein kleiner Grenzübertritt, wenn einem jemand gefällt. Sondern die totale Disziplin. Die totale Lustfreiheit. Der totale Autismus. Das ist auch nicht intim. Da ist jeder nur bei sich, bei den Fußballergebnissen, oder tauscht mit Glück ein paar versaute Sprüche übers Handy aus.

Intim, das sind die Meter dazwischen. Von der Haustür, na, von der Wohnungstür bis zum Bett. Die paar Schritte. Das leichte Anlächeln, die Themensuche, die Inspektion der fremden Wohnung, das Abchecken, ob ein Humor da ist, die Gespräche über Geschwister und Eltern und gemeinsame Freunde, über Verflossene, über Musik, die man mag.

Fakt ist, wenn eine neu kennen gelernte Frau mich fragt, welche Musik ich so höre, einfach so fragt, aus heiterem Himmel, das ist so niederschmetternd nah und plötzlich, dass sie garantiert keine Antwort bekommt. Welche Musik ich mag? Welche Bücher ich liebe? Das ist so groß, das ist so überwältigend, das ist, als ob der Melancholia-Planet auf die Erde stürzt. Da kann man eigentlich schon im Moment der Fragestellung aufstehen und gehen. Weil das so unsensibel ist.

Bernauer / Eberswalder

Dann ist er bei Adele. Adele hängt vier Stockwerke hoch an einem Haus in der Eberswalder, macht dicke Lippen, glotzt so ausdruckslos wie nur eine Frau glotzen kann, die sehr fest davon überzeugt ist, dass bei ihr selbst noch das ausdrucksloseste Glotzen einen allvernichtenden Feuerball an Sexiness, Inspiration und Leidenschaft über die Welt bringt.

Sie ist das Gegenteil von Alina.

Von Alina könnten sie ein halb abgerissenes Foto nehmen, aus dem Fotoautomaten an der Hundewiese, da wo die fünfzehnjährigen Girls aus aller Welt ihre Erinnerungen fürs ganze Leben schießen, da würde Alina sich Wegducken beim Blitz, gerade noch ihren schwarzen hochgesteckten Schopf bekäme man verwackelt zu sehen, und den zerknitterten Rest vom Alinafoto könnte man da auf die Hauswand kleben.

Und das Haus wäre verzaubert.

Denkt er. Er denkt:

Alina, wie die Sonne mich blendet. Wie die Autos, die Radler vorbeiziehen. Wie ich nicht herausfinde aus ihrem Gesicht, ihren Augen.

Alina, wie sie sagt:

Schreib halt einen Liebesroman.

Das war hier, denkt er. Das war hier. Hier hat sie mir das gesagt.

Er versucht, die exakte Position wiederzufinden, die Steinplatten, auf denen sie standen. Drei Monate ist das erst her, und doch verschwimmt die Straße schon, passt nicht mehr zu seiner Erinnerung. *„Schreib halt"*, hat sie das gesagt? oder: *„Schreib eben"*? *„Schreib doch"*?

Hatte er nicht einen Niesel auf seinen Wangen gespürt,
waren nicht Wolken vom Wedding her über ihn weggezogen?
Wie kann er da so sicher sein, dass
   die Sonne ihn blendete
   die Sonne fast direkt aus Alinas Kopf leuchtete
   als sie ihm das sagte
   das mit dem Liebesroman.

Jahnsportpark

Ich stehe im Jahnsportpark, bewegungslos. Leer liegt das
Stadion, lichtlos ragen die Masten zu den Wolken empor, die
in einer selten gesehenen Unruhe über den Himmel treiben.
Auf den Flutlichtmasten sitzt die Krähenkolonie und wartet
darauf, dass eine Erste losfliegt. Aber es fliegt keine los. Durch
die Blätter der Pappeln geht ein Rauschen, in den Blättern
selbst bewegt die Flüssigkeit sich, wird Wasser und Kohlen-
dioxid zu mehr Leben umgebaut, in den Molekülen regt sich's
und treibt, ruhig unter mir liegt der Asphalt, liegen Steinchen,
breitet sich Sand. Im Sand, dem Stein, im Asphalt hat sich's
was mit molekularer Bewegung, hier ist alles streng geordnet,
halten die Teilchen ihre Ordnung, Reih und Glied, Gitter und
Struktur, keine Zeit mehr, kaum einmal bricht etwas weg über
die Jahrtausende, Jahrmillionen. Über alles hin tanzen im
wilden Wirbel die Moleküle der Luft, O_2, CO_2, H_2O und alles
mögliche andere Zeug. Sie tanzen, sie dotzen aneinander im
Nanosekundentakt, juchhei, sie haben eine Party, müssen
nicht arbeiten, empfangen keine Anweisungen, reihen sich
nicht ein, bis eine Pflanze oder ein Pilz sie einfängt und sie
einfügt in den Rhythmus ihrer Maschinen. Den Molekülen ist

das alles egal. Es macht keinen Unterschied, ob sie Teil des Lebens oder Teil des Unbelebten sind. Auf atomarer Ebene kann es ihnen eh Mumpitz sein, was um sie herum vorgeht, auf atomarer Ebene verwischen sich tot und belebt: Hier wird in wahnwitziger Geschwindigkeit in den immer selben Kreisbahnen geflitzt, Elektronen rasen um Kerne, so schnell, dass Bewegung und Raum ihre Bedeutung verlieren, so schnell, dass nur noch die beschriebene Kreisbahn Realität ist, auf der sich die kleinsten Teilchen, oder Energieladungen, oder was auch immer sie sein mögen, bewegen: der Kreis, der ewige Kreis, auf dem sie sich befinden, oder vielmehr die Kugel, die sie beschreiben, der gekrümmte Raum, über den die Energie sich verteilt, und die Abstoßung, und die Dunkelheit dazwischen. Ich stehe im Jahnsportpark, bewegungslos. Ich rase mit 100.000 Stundenkilometern durchs All.

Gaudy

Folgende Überlegung, die ich bei allen Frauen anstelle, die mir in diesem gottverdammt beißenden Winterwind entgegen kommen und so ich überhaupt einen Blick auf ihr eingemummeltes, gut verschnürtes Gesicht erhaschen kann: Auf eine einsame Insel geworfen mit dieser Frau, ohne große Aussicht auf Rettung, würde ich mit ihr schlafen wollen?

In Zoos wundern sie sich ja immer, wie so etwas schiefgehen kann. Da wird ein Eisbärkerl vom Tierpark Bukarest rangekarrt, sie setzen ihn zu der schicken Eisbärlady, die da solo auf ein bisschen Gemeinsamkeit wartet.

Und nichts passiert. Die Dame und der Neubär, sie schleichen umeinander, sie fauchen sich an, gehen ihrer Wege.

Kommt immer mal vor.

So könnte es mir auch gehen. 50 Prozent aller Frauen würde ich nicht anfassen, würde ich meiden, würde mir ihr Geschwätz nicht anhören wollen: *Wann wohl jemand kommt, um uns hier wegzuholen? Welches Sternzeichen bist du denn? Ich steh ja total auf Ryan Gosling!*

Ich würde eine Linie in der Mitte der Insel ziehen. Darüber nachdenken, ob „Mord" noch eine gültige Kategorie ist, wenn nach dem Mord nur noch ein Mensch übrig ist auf der Welt.

Was wäre schlimmer: die Frau zu ertragen, jeden Tag?

Oder, sie getötet zu haben.

Aber lange halte ich mich mit dieser Hälfte nicht auf. Ich gehe vorbei, schmauche, ziehe die Kapuze enger. Schaue dem nächsten Gesicht entgegen.

Die anderen 50 Prozent beschäftigen mich wesentlich länger. Ich sauge ihre Schönheit auf: eine schwarze Strähne, die rauslugt auf der Kastanienallee, ein kluges Lächeln an der Ampel, eine schlanke hübsche Nase auf dem Weg zum Mauerpark. Ein anmutiges Bewegungsbild auf der Bernauer.

Diese Bilder berühren mich. Ich kann sie nicht vergessen. Und wünsche mir die einsame Insel her.

Gaudy / Cantian

Ich gehe raus, und da sind sie: Vier Kinderwagen stark, eine undurchstoßbare Front, kommen sie mir entgegen, unterhalten sich: wie die Pekipgruppe war, und ob sie nächste Woche auch wieder kommen. Und dass sie ja telefonieren können. Und alle sehen sie aus, als kämen sie vom Workout gerade, als kämen sie vom Volleyball gerade, als kämen sie aus der Kirchenvorstandssitzung gerade, und sie haben ihre Haare fest zusammen gebunden, und sie haben ihre Münder streng im Griff, und sie lachen, wenn sie lachen, ohne dass es dich fröhlich macht.

Ich lasse sie vorbeiziehen, Silke, Grit, Simone und Lena. Trete ich nächste Woche um dieselbe Zeit vor die Tür, werden sie genau so vorbeiziehen, in derselben Formation, mit denselben Haaren, etwas anderen Klamotten, mit ihren gut genutzten, gut geordneten Telefonnummern, die kein vernünftiger Mensch haben wollen würde. Ich gehe über die Cantian. Da ist ein Mülleimer an einer Laterne. Da ist eine Plakatwand, zu der nie einer hinguckt. Da ist eine kleinere Müllhalde, die sich aus den Windverwirbelungen des Gleimviertels spontan hier ergeben hat, und die die Hunde gern anschnuppern und bekacken.

Hier atme ich durch.

Cantian

Alles glänzt schwarz, alles läuft aneinander vorbei, die Autos glitschen ruhig über die Straßen, es ist einer dieser Tage, wo ich als Neunzigjähriger dann sagen werde: Ich habe keine Lust mehr, auf den nächsten Frühling zu warten.

Ich komme langsam, herunterglimmenden Stengels, am Zaun zur Jahnlaufbahn vorbei, da wo die Freizeitläufer sich sonst über die Außenbahn quälen, wo manchmal Frauen schöne Pos in glänzenden schwarzen Hosen vorbei laufen lassen, die Pferdeschwänze wippend, wo es im Oval geht, immer im Oval, erst auf die Gaudybäume zu, dann in die Kurve, dann wieder zu den Jahnpappeln, Kurve, dann wieder auf die Gaudybäume zu – bis eine unbekannte Macht den Einzelnen oder die Einzelne abberuft aus dem Oval, wo sie hinten, an der Westseite, dann ausscheren, ausdehnen, auskeuchen, wo dann ihr schöner Po, ohne gestreichelt, ohne liebkost worden zu sein, in ein anderes Leben verschwindet, ein Leben mit Markenjeans, merkwürdigen gesteppten Jacken mit Fellkapuzen, ein Leben mit Kollegenärger, dümmlichen Handygesprächen und Kindern, die von der besten Freundin abgeholt oder mit Abendessen beschert oder überhaupt erst einmal gezeugt sein wollen.

An der Ostseite, zur Cantianstraße, stehe dann ich, oder ich gehe, langsam, an diesem seltsamen Zaun vorbei, für den gar keine Notwendigkeit besteht, der mit braunem Gestrüpp überrankt ist, und wo ich einmal im schlickigen Laub ein verendetes Eichhörnchen gesehen habe, um das zwei Krähen sich stritten, auf der anderen Seite, von mir gar nicht störbar, denn die Krähen sind schlau und sie kennen den Zaun.

Der Stummel hat ausgeglüht. Ehe er mir die Lippen verbrennt, lasse ich ihn fallen. Dies ist kein schöner Weg. Die Häuser auf der anderen Seite weisen dich ab, zu den Läufern gehörst du nicht, die Hunde haben anderes zu tun, als dir Beachtung zu schenken. Leer glänzt der Kunstrasenplatz, auf dem manchmal die Empor-Bubis tollen.

Hier geht man nicht gern. Von der Topsstraße aus, völlig verrückt, hat mal einer auf die Fußballspieler geschossen. Das stand in der Zeitung.

Irgend ein Irrer hat durch den Zaun auf die Kicker geschossen, ich weiß nicht mehr, ob das ein Luftgewehr war, und er hat einen der Kicker in den Oberschenkel getroffen.

Ob sie das je aufgeklärt haben, weiß ich nicht. Das interessiert dann ja die Zeitung nicht mehr.

Aber man kann sich fragen, ob das auch ein schöner Tod sein könnte: Du trabst in der rechten Verteidigung rum, beobachtest den langen Ball in die Spitze da vorne, dann knallt's. Und das war's.

Ich rede mir auf dieser Strecke immer ein, dass das eben kein Irrer war, der da schoss. Dass der Getroffene etwas getan haben muss, um sich das zu verdienen. Einmal mit der falschen Frau gesprochen vielleicht, bisschen geknutscht, peng.

Vorn links grüßt die Schönhauser, mit ihren Autolichtern, mit ihren Touristinnenscharen, ihren Pennern auf Stein vor den Bankautomaten, ihren Einblicken in Restaurants, die entweder immer proppenvoll sind oder in denen stoisch die Vietnamesinnen warten. Vergeblich, wie alles.

Kastanien

Das *Da Capo* ist der Eingang zur Kastanienallee. Eben war noch alles Hassel und Trubel, umkippende Räder, einrollende Straßenbahnen, in den Weg steppende Weltretter, zu umkurvende Austauschstudenten, den Weg blockierende Baustellenausfahrten. Dann hörst du die Musik.

Sie spielen immer irgend etwas völlig aus der Zeit Gefallenes, spielen Bluegrass, Jazz, Charleston. Irgendwas, was du noch nie gehört hast und was lange vor dir schon da war. Was immer irgendwo durchs Universum wabern wird, wenn du lange wieder gegangen bist.

Man will da gar nicht hingehen. Will gar nicht pseudomäßig vor den Buchkisten stehen, ins Fenster lugen, will gar nicht wissen, was für verfilzte Daddys das sind, die hier den Tag verzaubern. Aber daran vorbeigehen und sich nicht freuen, das ist unmöglich.

Das ist Musik, die dich umfängt, Musik, die dich begleitet, die dir keine Riffs in den Bauch hämmert, dich nicht anjault mit ihren Liebesbefindlichkeiten. Das ist die Essenz des Lebens, des Schwebens, des nachdenklichen Durch-die-Gegend-Gondelns.

Das Leben hat dich grad mal entlassen. Extrarunde im Ungefähren, in einer Welt, in der es keine Fehler zu begehen gibt. Du setzt dich hin. Zündest was an. Beißt ins Schokobrötchen, den Falafel, trinkst deinen Mango-Ayran, siehst ihnen zu. Den Touristenfamilien, die nicht wissen, was hier das Ziel ist, auf der Kastanienallee. Das Ziel ist, einmal rauf- und einmal runterzuschlendern. Ziel ist, kichernd vor den Schaufenstern rumzualbern. Die Hunde der Stadt anzuflirten.

Hier brauchst du nichts. Hier gibt es alles. Rikschas fahren umher und liefern frische Currys aus. Pizzabuden duften. Du lehnst dich zurück. Etwas Schönes ist in dir, das da sonst nicht ist. Voller Verzeihen siehst du den Kastanienmuttis zu.

Kastanien / Schwedter

[Und, gar nicht weiter beachtet von mir oder irgendwem von den Umlaufenden, vom Zionskirchturm her beginnt ein Geglock. Rumm-brumm, ding-dong, dong-dingelong, hört her, die himmlischen Heerscharen kommen, Erlösung zerschmettert dröhnend den Himmel, der heilige Geist schüttet das Bratfett der Erkenntnis über euch aus! Dong-dong, frohlocket und jau, ding-ding, jauchz- und frohlocket, bimm-bimm, denn der Herrgott ist da! Und KRACH kann er machen! Döng. Dönggg ...]

Kastanien

Wie sie ihre Kinder neben sich hertreiben, in Ganzkörper-Kinderschutzanzügen, mit Kinder-Beleuchtung, mit Sturzhelmen, mit Kinder-Mausmützen. Wie sie ihre Kinder hochnehmen, weil sie eine Musik hören, Musik aus Lautsprechern, und wie sie den Kindern die Musik zeigen, den Kindern auf ihrem Arm, und wie sie ihnen zeigen, dass man sich hin und herbewegen muss zu der Musik. Wie sie sich vorbeischieben, zwei Kinder im Schlepptau, zwei Kinderräder am Wagen aufgehängt, ein Rollbord noch hinten dran, für den Fall, dass Gehen wie Fahrradfahren ihren Reiz verlieren. Wie sie *Achtung* rufen, *nicht auf die Straße*, während strahlende Menschen auf der vorüberfahrenden Tram verkünden, sie hielten Berlin in Schuss.

Und die Omis. Wie sie den Stolz und den Ernst in ihren Gesichtern gar nicht bezähmen können, da sie ihr Enkelkind ausführen. Wie sie stehenbleiben vor der Haltestelle und auf die nächste 12 warten. Wie sie alle Gedanken, die hier und heute zu denken sind, laut sprechend in die staunenden stummen Köpfe der Enkelkinder pflanzen, wie sie sagen

dass das Enkelkind nicht nass werden soll

dass da vorne ein Laster steht, der der Straßenbahn den Weg und der Omi die Sicht versperrt

dass da heute gar keine Rosen auf den Tischen vorm Imbiss *Babel* stehen, was wohl mit den Rosen passiert sei

dass Enkelkind sich mal die Haare aus den Augen machen soll, damit es besser kucken kann

dass man hier auf dem Tableau sehen kann, wann die Straßenbahn kommt, wenn sie kommt

dass Enkelkind dann beim Einsteigen noch eins von diesen Dingern bekommt

weil es so lieb gewesen ist

weil es das Enkelkind ist

Omis Enkelkind

niemandes sonst
all der Leute nicht
des Tramfahrers nicht
der beiden Italiener da nicht
des Manns da mit seinem Notizblock nicht
der sich erhebt und davon macht
schlendernd
paffend
an all den Schaufenstern vorbei
auf denen überall
SALE ist

Zionskirche

Zum Portal der Zionskirche muss man eine kleine Anhöhe
hochgehen, sanft ansteigend, auch für Omis und Behinderte
machbar. Direkt an der Kirche ist dann so ein Plexiglaskasten
mit Broschüren, die Gott vom Himmel geworfen hat: Info-
material über die Zionskirchgemeinde und die inhaltlichen
Schwerpunkte der nächsten Gottesdienste, Hinweise auf
Seniorengruppen und die nächsten Termine des manchmal
direkt vorm Portal gastierenden Kasperltheaters.

Das Kasperltheater kam hier schon immer. Das habe ich
schon als kleiner Junge gesehen. (Weiß gar nicht, wer mit mir
da hingegangen ist. Vielleicht war ab und zu eine nette Tante
zu Besuch, und die hat mich dann mitgenommen und hat
sich, um eine Pause vom Verwandtenbesuch zu bekommen,
an den gehaltvollen Dialogen der Kasperlfiguren erfreut.
Oder vielleicht fand sie mich auch liebenswert und niedlich,
wer kann das schon wissen. Gesagt wird einem so was ja nie.

Vielleicht hat es ihr Spaß bereitet, mir eine Freude zu machen. Ausschließen kann man das nicht.)

Kasperl war immer gut. Irgendwann hatten sie neue Figuren da und eine neue, flottere, buntere Kasperlbühne, und Kasper verlor seinen klingenden sächsischen Dialekt und sprach mit einer tiefergelegten Frauenstimme. Oder sie hatten mal einen neuen, rot glänzenden Teufel am Start. Aber im Grunde ist das ja dasselbe. Was Kasperl uns zu sagen hat, ist immer gleich. Hunderte Stimmen haben aus ihm gesprochen seit dem Mittelalter, ab und zu hat er, wie Dr. Who, seine Gestalt umgemorpht, ab und zu Details an der Requisite neu entworfen. Aber was er zu tun hatte, war immer dasselbe: das Krokodil verarschen, die Polizei verarschen. Die Oma retten. Seinen Freunden ein guter Kumpel sein.

Kasperl hat schon immer die stärkere Botschaft gehabt. Die besseren Argumente. Trotzdem blieb er Jesus' Vorband auf der kleinen Bühne. Kasperl hat uns erklärt, wie die Welt funktioniert, wie wir uns in ihr zu verhalten haben. Aber Kasperl hatte Jesus nichts entgegenzusetzen. Jesus kam mit der Multimediashow, riesige gemauerte Eventschuppen mit großformatigen bunten Bildern darinnen, Bilder voller Blut und Sünde, mit hohen Säulen und Orgeln, mit Glockensturm jeden Sonntag. Und dann die Geschichten, die von der Kanzel dröhnten: vom Himmel. Von Gott.

Von einem Helden, der uns alle gerettet hat. Die Geschichte hat nie jemand kapiert, total mieses Drehbuch, aber das stört bei Star Wars ja auch keinen.

Wozu musst du nachvollziehbar sein, wenn du überwältigen kannst. Niemand sagt einem 100-Kilo-Preisboxer, er soll seinen schmächtigen, untrainierten Hänflingsgegner in einem langwierigen, argumentativen Prozess zur Aufgabe überreden statt ihn einfach rasch in den Boden zu rammen.

Neben dem Eingangsportal steht eine Bank, so eine hellholzige aus dem Obi im Wedding, mit leicht aufwärts geschwungener Rückenlehne, mit einem händisch eingravierten 32 Sinnspruch, den sicher eine Konfirmandengruppe gemeinschaftlich erarbeiten durfte. Der Sinnspruch geht zweizeilig über die ganze Rückenlehne, er folgt ihrem leichten Schwung, und ich könnte ihn mir jetzt aufschreiben in meinem Supernotizbuch, wenn sich nicht dieser leichte Ekel regte. Dieser spürbare Widerwille, dem man nachgeben sollte.

Das ist zwar bizarr, das ist zwar lustig, so ein Spruch. Aber nach beiden ist mir heute nicht zumute.

Auf der Kiefernholzbank, händisch eingraviert, steht irgend etwas in dem Sinn, dass Gott alles recht geordnet hat in der Welt. Und alle Dinge dort sind, wo sie hingehören.

Und die Bank haben sie an der nächsten Laterne angekettet.

Zionskirche

Von der Kirchanhöhe sind es nur noch ein paar Meter bis zu Linns Laden. Ein paar Meter das Buckelpflaster runter, auf dem der Kasper sonntags anreist, über die Windung der Zionskirchstraße, nicht von der Tram überfahren lassen, Tram gelb vorbeiziehen lassen, schwupp, dann sieht man Linns Laden vor sich.

Da drin sitzt Linn.

Linn wird mich fragen, wie es mir geht. Aus irgend einem Grund werde ich mal wieder nicht wissen, was da zu sagen sei.

Aus irgendeinem Grund werde ich rumdrucksen. Linn wird mich eine halbe Sekunde zu lang anschauen mit ihren grässlich blauen Augen. Dann schenkt sie mir ein, was ich um diese Uhrzeit halt so trinke. Dann erzähle ich ihr vermutlich von dieser komischen Nummer auf meinem Display. Und Linn schüttelt verständnislos den Kopf, sagt irgendwas witzig Vernichtendes über Männer und meint aber präzise diesen einen ganz bestimmte Pappenhans, der da jetzt vor ihr sitzt.

Und dann wird mir ja eh nichts anderes übrig bleiben als das abzuhören.

Zionskirche

Hier ungefähr wird das gewesen sein. Hier stand die Bude, die ganze Kasperlwelt in einer Box. Es ist ein schöner Platz. Von hier aus kann man über die Kurve zur Veteranenstraße schauen, Richtung Weinbergspark, diese kurze märklintaugliche Strecke, wo die Tram erst den Berg hoch schnauft, einen der höchsten Berlins, dann links rum eine Kurve fährt, vor der Kirche unter den Linden hindurch, dann noch mal rechts rum, zur Kastanien, dann wieder links, auf Pankow und Rosenthal zu. Das ist eine schöne Ecke, wenn die Linden nicht gerade wieder alles vollgeklebt haben. Von hier aus kann der stolze, fröhliche Kasperleimpresario dann an den Sonntagen eine erwartungsvolle Kindermenge überblicken, ein paar Papas und Mamas dazu, die auf ihre Smartphones einknipsen oder die auf ihre Kinder einreden, dass da jetzt gleich etwas ganz Tolles kommt. Hier kann man dann, als Impresario, absinken hinter der Kasperlebude, kann sich die Baumwollkostümchen der Figuren über die Hände streifen, die Finger in die Holzköpfe stecken, hier ist man dann ganz allein. Man spielt die Oma, spielt den Polizisten, den Teufel, den Kasper, das Krokodil. Man haut sich selbst was auf die Ohren. Hört die Kinder johlen, hört die Kinder kreischen, kitzelt höchste Euphorie aus einem Publikum heraus, das man nie zu sehen bekommt. Das einen erstaunt ansieht, wenn man nach dem Vorhang neben der Kiste auftaucht. Was hat der Mann mit unserem schönen Kasperltheater zu tun?

Die Großmutter war die Sonne meiner Kindheit. Sie hatte eine kleine glaslose Brille aus Draht auf ihrem grob gearbeiteten, hartkantig aus Holz gehauenen, dann über die Jahrzehnte nachgedunkelten Vorkriegsgesicht, sie trug eine dunkelblaue Bluse mit weißen dünnen Streifen, auf der ein gezackter weißer Kragen klebte. Sie sagte immer kurze, begütigende Sätze ohne großartigen Inhalt. Ich hing an ihren hölzernen Lippen. Sie hatte Würstchen für den Kasperl und den Seppel bereit, oder Kuchen, und einmal hatte sie sogar für uns Kinder echte Waffeln gebacken, die man schon von Weitem roch, Waffeln mit Puderzucker und Sahne, die nicht für alle Kinder reichten – und für mich, der ich mich immer wieder von jemand abdrängeln ließ, für mich schon gar nicht.

Ich bekam keine Waffel ab, aber ich sah das Wunder. Kasperl-Oma, die rundgesichtige, zackig wackelnde, sie hatte für die echten Kinder hier unten echte, duftende Waffeln gebacken, für die strahlenden, feixenden, lachenden Kinder mit Sahne an den Backen.

Ich liebte sie wie niemanden sonst. Kasperl-Oma, sie hatte immer etwas für ihre beiden Jungs am Start, hatte Kekse, Bonbons, gute Worte, und einmal, ich weiß es wie heute, sang sie dem Seppel ein Schlaflied, thüringisch, das sogar das Krokodil einschlafen ließ.

So hingen sie dann über dem roten Bühnenrand, schnauften friedlich, schnarchten dem Herrgott ein Lob, der Seppel und das Krokodil, und die Kasperl-Oma holte sich was zu stricken raus, was dann nächste Woche fertig geworden war.

So war Kasperl-Oma. Die Freundlichkeit. Die Liebe. Sie war das Licht meiner Kindheit.

Sie war der Mensch, der ein bisschen zuhörte, was die Jungs wieder ausgefressen hatten. Der Mensch, der ihnen über die Haare strich, einfach so. Nie wollte ich das loslassen. Nie wollte ich vergessen, dass es so etwas gab.

Zionskirchplatz

Hallo!

Sie sind verbunden mit der Mailbox von

Null Eins Sieben Null Fünf Zwei Null Eins Null Null Vier

Sie haben

drei

neue Nachrichten

Zum Abhören ihrer neuen Nachrichten drücken Sie bitte

pschschschschschschschschsch …

Ja. Hallo. Mein Name ist Schwanowski, ich bin die Gemeindepflegerin Ihrer Großmutter. Wenn Sie das abhören – bitte melden Sie sich bei mir unter der Null Drei Fünf Sechs Eins Fünf Drei Null Eins Eins.

Ich wiederhole: Bitte melden Sie sich dringend unter der Null Drei Fünf Sechs Eins Fünf Drei Null Eins Eins. Danke!

pschschschschschschschschsch …

Ja. Hallo noch mal, Schwanowski. Ich hatte Sie gestern
bereits einmal angerufen. Bitte melden Sie sich dringend unter
der Null Drei Fünf Sechs Eins Fünf Drei Null Eins Eins. Ich
wiederhole: Null Drei Fünf Sechs Eins Fünf Drei Null Eins Eins.
pschschschschschschschschschsch ...

Ja, guten Tag, hier Schwanowski vom Gemeindepflegedienst
Guben. Es geht um Ihre Großmutter. Ihr Zustand hat sich jetzt
heute Nacht noch einmal sehr stark verschlechtert. Sie hat große
Schmerzen. Bitte rufen Sie so bald wie möglich an. Hier noch
einmal unsere Nummer: Null Drei Fünf Sechs ...

Piep.

Zionskirche

Zu Linn kann ich jetzt nicht gehen. Nicht in diesem Zustand.
Linn wird Fragen haben. Und ich zu viele Antworten, als dass
auch nur eine davon durch den Flaschenhals meines Denkens
ginge. Linn wird Gläser spülen, wird mir mein Bier hinschie-
ben, wird mit einem Auge nach dem Fernseher schielen, wo
Werder gegen Frankfurt spielt. Mit einem Auge zu mir, in
meinen inneren Ozeansturm der Verzweiflung.

Das besser nicht. Dann lieber, knapp bevor Linns Traktor-
strahl mich erreicht, rasch noch rechtsrum geholpert, dann
wieder links, zur Kastanien, wie die Bahn. Auf der linken Seite
bleiben. Wo sie einem entgegen kommen statt dass du Konvoi
latschen musst.

Und sie kommen: Eine viel zu junge Italienerin, 14 vielleicht, Spange, Haare ohne Plan, mit ihren Eltern. Zwei Schwedinnen, die sich, für Schwedinnen, auffallend exaltiert geben,
mit Spiegelglasbrillen und gespreizten Fingern. Die eine oder

andere Schlendertouristin, die es wirklich ernst meint mit dem Schaufensterbummel. Zwei grüne Augen, die mir durch und durch gehen und mich doch tatenlos lassen, da die Grünäugige und ihre Begleitung sichtbar nicht auf einem Bumsausflug sind, sondern einfach nur als alte Freundinnen unterwegs – Freundinnen, die sich lange nicht gesehen haben und wo die Grünäugige vielleicht noch nicht mal aus der Stadt kommt –, einfach nur so unterwegs, um ihre Form der Zweisamkeit zu festigen, hier einmal rauf- und runterzulaufen, in die Läden rein, aus den Läden wieder raus, das Leben kann so leicht sein …

Zünde ich mir eine Kippe vorm Schwarzsauer an, kontrolliere die Tische: Männ-/Weibleinmix an den meisten, zwei mit BFF-Pärchen auf Schwanzjagd, aber nicht meine Kajüte, dann an der Bar eine Einsame, mit der man erstmal quatschen müsste bis um drei in der Nacht, und am Ende ist man noch traurig. Ich ziehe Qualm in die Lunge. Lasse meine Handykontakte durchs Hirn rattern. Stapfe weiter, am Prater vorbei, wo alle genau wissen, wie ihre nächsten drei Stunden aussehen werden, an den kälteresistenten Bettlern vorbei, ins Ampelgewühl, in dem man alle schönen Augen, alle ausgehgeschminkten Gesichter nur für Momente erhascht und nichts sich aufzubauen in der Lage ist. Ich beschließe, mich vorm Jahnsportpark zu setzen, auf die müllumtollten Bänke in der Tops, mit Blick auf den Pavillon der Fankulturen, durch den Zaun.

Da lässt es sich sitzen. Da lässt sich die innere Schieflage, der innere entfernte Sirenenton am besten genießen. Den man abwürgen sollte. Von dem man sich ablenken sollte.

he bille, schreibe ich, *wie geht es deinen sympathischen zehen? ihr wackeln fehlt mir ein bisschen.*

nuray, schreibe ich, *ist das neue sofa schon gelebte realität? lg weisstschon*

laura, schreibe ich, *hups, steck mal das haar fest! das sieht schon wieder so ungebremst aus. :)*

Der Rest ist Paffen. Und als eine Nachricht einhüpft nach paar Minuten, ist es Linn:

haben der herr heute andere ziele ... ? miss you spacko. aber nur wenig.

Gaudy / Cantian

Ich hätte nie gedacht, dass ich das mal sagen würde. Aber ich vermisse meine Mutter. So sehr man jemanden vermissen kann, den man nie gekannt hat. Ich stehe an der Cantian-Ecke, Lena und Grit und die anderen sind unsichtbar durch mich hindurchgeweht mit ihren Kinderwagen und ihrem Geschnatter aus Luft, mit ihren Strickmützlein und ihren gut gepufferten Jacken und den tadellos gepflegten Boots.

Da muss ich auf einmal ausatmen am anderen Ufer. Weiß einen Moment lang nicht, wohin ich mich wenden soll. Den Gaudysandweg weiter, wo die Hundeleute schon mal ihre Hunde loslassen Richtung Falkplatz, Richtung Mauerpark, und wo die Hunde dann tänzelnd, schnüffelnd, Krähen aufscheuchend und Eichhörnchen bekiekend, runtertollen? Geh ich rechtsrum, meinen Lieblingsbrücken zu, dem Arnimplatz zu, Pankow gar vielleicht? Oder wird es wieder der tägliche Weg, die tägliche Strecke. Ich prüfe den Lichteinfall. Prüfe Sonnenstand, Windrichtung. Und auf einmal ist da wieder dieses Loch.

Oma stirbt. Auf eine schmerzvolle Weise. Ihre Lungen sind voll Wasser, und niemand kann sagen, was ein Besuch bei ihr

bringen würde, hat die Gemeindeschwester gesagt, aber schaden, hat die Gemeindeschwester gesagt, könne der ja auch
nicht.

Und das sagt die so einfach. Klar kann das schaden. Die
Fahrt kostet, die Zeit kostet, und nach menschlichem Ermes-
sen flippt es mich erst mal für ein paar Tage aus der Bahn, die
Reste der Oma dort in Brandenburg vor sich hin röcheln zu
sehen.

Was soll mir damit geholfen sein? Ich habe schon viel
sterbende Menschen gesehen, in den Filmen, in den Serien,
ganz selten auch mal welche in echt. Damals in der Altenpflege. Als es noch Zivis gab. Und ich einer von ihnen war.

Da gab es erst eine Art Glückszauber, der mich umgab. Ich
war schon ein paar Wochen, ein paar Monate dort, in einem
sechsgeschossigen Haus voller Menschen, die zusammen-
gepfercht worden waren, um Freund Schnitter ein wenig die
Arbeit zu erleichtern. Und sie starben auch fleißig. Wie die
Motten starben sie. Alle paar Nächte war wieder jemand hin.
Nicht dass der Unterschied zu kurz vorher besonders groß
gewesen wäre. Nicht, dass nicht manche der dort Endgepfleg-
ten schon zu Lebzeiten halbwegs verfaulende stinkende Kada-
ver gewesen wären, die man beständig unter Haldol hielt, da
sie sonst den ganzen Tag Hasstiraden auf das Pflegepersonal
durch die Flure grölten. Aber gespannt war man dann halt
doch. Wie das sein würde. Wenn jemand starb. Und du standst
daneben. Eine gewisse wohlige Neugier gehabt zu haben, kann
ich nicht leugnen.

Zunächst mied der Tod mich. Schlug nur zu, wenn ich nicht
da war. Ich machte Feierabend, winkte überall rein, zack, am

nächsten Morgen war wieder eine weniger da. Bett leer, Omi im Kühlraum. Kein Abschied, kein Nix, wieso auch. Eine ganze Zeit lang ging das so, immer hörte ich vom Zurechtmachen, vom Waschen, von Nachtschwestern, die mit drei Abgängen gleichzeitig ihre liebe Müh' hatten. Immer schoss der Tod an mir vorbei. Keiner wusste, wieso. Nach vier Monaten etwa war es dann soweit. Frau Kriens. Eine harmlose, putzige, weißhaarige kleine Frau, nie negativ auffällig geworden, nie von der Welt und vom Leben mehr verlangt als billig gewesen wäre. Auch ihr Hinschwinden war dezent. Eines Morgens im Januar sprach Frau Kriens nicht mehr, aß keine Suppe mehr, zeigte keine Reaktion. Musste dann ein paar Tage lang dauernd hin- und hergewälzt werden, damit der Tod nicht schon frühzeitig an ihrem Rücken stinkend herausbrach. Dann atmete sie immer flacher, immer dünner. Ich saß an ihrem Bett. Und es war schon gar nichts mehr festzustellen an ihr. Vielleicht drehte das Leben irgendwo tief drinnen noch ein paar Runden, vielleicht schlug das Herz noch ein paar Mal, pupp, pupp, pupp – doch dann war es vorbei.

Ich saß an ihrem Bett. Mein großer Moment. Ich war dabei, als jemand starb. Spürte eine Erleichterung, als Frau Kriens' Seele in die Luft von Station 2 aufstieg und sich dort zu verflüchtigen begann. Ich spürte in mich hinein, um den emotionalen Krempel zu suchen, der, allen Filmen und Büchern nach, dort jetzt vorzufinden sein müsste, Trauer, Betroffenheit und Schock. Fand doch nur: eine leichte Rührung.

Und diese gnadenlose, schiere Freude, auf der Welt zu sein.

Cantian

Jetzt kriecht ein wenig der Frühling raus. Erste Blüten schauen unbedarft aus dem Boden an den Häuserecken heraus und lassen sich von der Welt mit einem Schwung Hundepipi begrüßen, König Sonnerich dort oben präsentiert sich in all seiner strahlenden Pracht, als hätte es die Wochen und Monate seines Exils nie gegeben, minuziös dirigiert er die Passanten, die Qualmer und Kinderschieberinnen dort hin, wo er sie haben will, an Straßenecken, in Hauseingänge, auf diejenigen Parkbänke, die nicht vom Schatten der kargen Baumfinger unbrauchbar gemacht werden; willig nehmen die Menschen das Gebot an, rasch haben sie vergessen, wie unzuverlässig, wie selbstgerecht dieser Despot gewesen ist, der mal hier, mal dort die Menschen beglückt und dann, wenn man ihn am nötigsten braucht, nur die himmlischen Heerscharen der Regenwolken drohend übers Land schickt. Mit so einem sollte man nichts zu tun haben wollen. Ihn zu lieben bleibt aber unabdingbar. Langsam, sehr langsam kraucht man auftauend über die breite Mündung der Mila- in die Cantianstraße, jeden Sonnenstrahl mitnehmend, das Backsteingemäuer des alten Brauereigebäudes musternd wie einen Vorschuss auf den Sommerurlaub, an der Wand der Empor-Kneipe dann im Schatten das Wandgemälde inspizierend, welches, unbeholfen gemalt zwar, aber doch unverkennbar den Spieler Thomas Müller darstellt, wie er, im Nationalmannschaftstrikot, für uns alle!, einen Fallrückzieher vollführt, umgeben von allerhand knolligen Pokalen, die um ihn herum in die Luft sich materialisiert haben, weil er, Thomas Müller, in der Schwebe, um uns glücklich zu machen, dafür gesorgt hat. Drauf schlendert man, von lästigem Schatten wieder umfangen, die merkwürdig abweisenden Fronten der letzten paar Cantianhäuser vorbei, an denen sich keinerlei Eingangstüren befinden und die einem daher, wie der Himmel dem schwachen Menschen, verschlossen bleiben auf immer; so zieht man vorbei an den kryptischen Sinnsprüchen der Baptistengemeinde und dem an ihrem Bürofenster vergilbenden Freiwilligen-Anwerbe- plakat, welches da behauptet, nichts erfülle mehr als gebraucht zu werden, und so steppt man dann, an verkniffen schmöken- den, wegsehenden Entgegenkommern vorbei, hinaus ins immer noch kühle, jedoch munter vorbeibrausende Schön- hauser-Allee-Leben, an dessen Zufluss ein glatzköpfiger Mann, der Auftragskiller Mike aus *Better Call Saul*, grimmig von einem Toilettenhäuschen starrt, schwer übersehbar *Sei immer du selbst (es sei denn, du wirst polizeilich gesucht)* betex- tet, und so steht man dann da, hat und ist nix. Ein fluffiger Hund namens Teller humpelt vorbei. Ein Auto weiß nicht recht, wie es hier abbiegen soll. Von der Hochbahn herunter wird ein Schwall Menschen über die Treppen geschüttet, von dort irgendwo, für irgendwo hier.

Schönhauser

Vor einem Restaurant sitzt ein Buddha. Er grüßt alle, die hier ein indisches Essen essen wollen, er grüßt die Vorübergehen- den, er grüßt die Mittellosen, die Gestressten, die Sprachun- kundigen, die Humpelnden und Versehrten, die Streitenden, die Einsamen und die verliebt Turtelnden, er grüßt die Amei- sen, die Hunde, die Gräser, die vor seinen Augen aufsprießen und vergehen, aufsprießen und vergehen, aufsprießen und vergehen, er grüßt die in den Autos Sitzenden, angestrengt auf die Straße Blickenden, er grüßt die in gelben Quadern über das Viadukt Dahinratternden, grüßt die Seelen in den Flugzeugen, die winzig am Himmel blinken, grüßt die Vögel in der Luft, die still ihre Bahnen ziehenden Satelliten, grüßt das Nichts, das riesige enorme Nichts, aus dem die Welt, wenn man mal überschlagen darf, besteht, er grüßt die fernen Sonnen, die um sie kreisenden Gesteinsbrocken, auf denen es hin und wieder mal schwappt, auf denen Meteore einschlagen und Vulkane explodieren, und über die violette Wolken ziehen, in deren Ozeane verrückte Fischkreaturen herumflössen, Mörderkreaturen an Land nach Beute suchen, Pilze weithin ungestört umherpilzen, in alle Ausbuchtungen und Ritzen und zwischen die Sandkörner hinein, er grüßt die wackeren Elektronen auf ihren Bahnen durch ewige stille Leere, die Elektronen alle, und alle sind eines, und dieses eine, Allumfassende, das ist der Gott. Tagesmenü acht Euro neunzig. In seiner Hand glüht irgendein Rauchschwadenstab, man riecht es ein wenig, meist ist er aus, aber jetzt herrscht grad Hochbetrieb, da soll den Gästen schon auch ein wahrnehmbarer Segen zuteil werden, und wenn er durch die Nasen ziehen muss.

Schönhauser / Eberswalder

Eine Zeit lang gehe ich genau laufgleich mit Teller und seinem Besitzer, fünf Meter dahinter. Und während der Besitzer sich nicht schert, weil er zu wissen scheint, was hinter ihm ist, schaut Teller immer wieder mit auffällig traurigen Augen um sich, zu mir, es scheint da irgendwo in seinem nektarinengroßen Hundegehirn, das fürs Riechen ausgelegt ist, ein

Erkennen stattzufinden, ein tief berührendes Wiedererkennen, nicht auszuschließen, dass er mich für seinen Besitzer hält, welcher direkt neben ihm geht, was Teller für ein paar Sekunden vergisst. Kurz bricht er den Takt seiner Schritte, synchronisiert sich mit mir, noch einmal der Hundeaugenblick, auf den ich nicht zu reagieren weiß, auf den ich nur eine sprachlose Botschaft von Menschenherz zu Hundeherz zu schicken weiß, und als sie ankommt, hat Teller mich erkannt, hat er sein Nichterkennen erkannt, und mit einem leichten Erschrecken und leicht berührter Peinlichkeit erkennen die Beine, da der Kopf sich abwendet, schon längst wieder, zu wem sie gehören und trottet sich Teller wieder in den Rhythmus seines Lebens zurück, ein großes, braunes, schlankes Tier, das kurz darauf schon wieder ganz andere Interessen verfolgt: Einen knallorangen Mann gibt es zu bestaunen, der schrittlangsam sich, Kehrgerät in der Hand, Richtung Eberswalder Kreuzung bewegt, der die kleinen Baumwiesen auskehrt, Kronkorken, Fluppen und Geröll unterm Zäunchen durchklappern lassend auf den Radweg, der gemächlich, gemächlich nachschleichenden Kehrmaschine zum Opfer, die dem Radweg ein neues, ganz ungewohntes Entschleunigungstempo gibt, ein Sonntagstempo, das uns Inspektion unseres Selbst und des Universums gebietet, eine Versenkung, wie sie auch die nächsten, steinern vor einem Indiarestaurant sitzenden Buddhas uns empfehlen, kerzräuchernde Alukartoffeln im Schoß, die Augen zu, die Hand zu welchem Gruß auch immer – des Segens oder langen Lebens oder des allgemeinen Sichabfindens mit allem – erhoben, und es scheint, dass die Menschen sich gerne abfinden, einfinden, sich gerne

den dortigen Duftreis und die dortigen Tunken und Joghurt-
bällchen kredenzen lassen, sabbeln, plinkern, schnattern –
und weg, da man weitergeht, den Hundepo im Blick verlie-
rend, bestaunend die Kehrmaschine und den Mann, der vor
ihr schreitet: Kein Radfahrer wagt sich je an ihn ran, er hat
seinen eigenen Zirkel und seine eigene Raumzeit geschaffen,
nach ihm die unrührbare Maschine; wer noch ein Kind wäre,
würde ihn sicher als Gottheit erkennen.

Eberswalder

Ich kann mich immer noch an das Lachen erinnern, das ist
merkwürdig. So vieles, ja, nahezu alles ist versunken und gelöscht oder in unzugängliche Seelengräben verschoben, all die
Namen, Gesichter, die Tanten, Tiere und mutmaßlichen
Freunde, all die Lieblingsspeisen, all die Geschichten. Da fragt
man sich ja schon, wofür so eine Kindheit gut sein soll. Ist es
nicht sie, in der man Sonne tankt und Zaubertrank trinkt, ist
es nicht sie, in der man geliebt und angenommen wird und
sich seine Dauerkarte für den Planeten schießt, mit der man
alle Kontrollen durchsteht? Ist es nicht sie, in der jede Begegnung *die* Begegnung ist, jeder Streit ein epischer Krieg, jedes
freundliche Wort ein Ozean der Zärtlichkeit und Wärme? Zu-
mindest nehme ich an, dass das so wäre. Dass es schön wäre,
sich hochnehmen, sich in die Luft werfen zu lassen, aufgefan-
gen zu werden, giggelnd, kreischend, liebend. Aus Filmen
kennt man das ja. Da kommt dann ein Gegenlicht ins Spiel,
Zeitlupenaufnahmen verfolgen des Kinds Flugbahn, Mamas
lange Haare fliegend zwischen den blühenden Zweigen und
Ästen …

Naja. Aber an das Lachen erinnere ich mich noch. So wie der Kampfschwimmer aus dem drückenden, stickenden Wasser auftaucht, an die köstliche Luft kommt für Zehntelsekunden, so wie das Olympiastadion nach unendlichem, hoch angespannten Mitzittern, Wüten, Frieren und Fingerzerbiegen ausbricht in eine Totalekstase, wenn das Tor fällt, so wie das hektisch zappelnde Beben des Netzes die wochenlang wartende Spinne in einen Zustand der erregten Beglücktheit versetzt – so war auch damals das Lachen. Wie ein einziges, zufällig auf dem Handy mitgeschnittenes Kurzvideo taucht es immer wieder auf in der schweren grauen Nebelbox der Erinnerung: wie wir, auf schmalen, abgewetzten roten Bänken sitzend vor dem Kasperletheater, heißwangig vor Spannung und Angst um den Kasperl, wie wir, weil Kasperl dem Krokodil eins mitgegeben hatte, oder weil er den Polizisten ins so genannte Bockshorn gejagt, oder weil er dem Seppel eine völlig verdiente Watschen verabreicht und dazu etwas Komisches gesagt hatte – wie wir dann in einem einzigen großen Ausbruch zusammenklappten vor Lachen, wie wir allesamt zu einem einzigen, großen, unangreifbaren Kind wurden, einem Kind, das kreischte vor Glück, einem Kind, das vor Lachen nur noch den Himmel und das Gras sah, einem Kind, das, für Sekundenbruchteile, eins war mit dem Universum.

Das ist nie verschwunden. Das hat sich irgendwie verhakt, ist geblieben. Manchmal stelle ich mir mich als einen glücklichen Menschen vor.

Kastanien / Oderberger

Den Weg entlang stehen verlassene Rauchstelen vor den
Läden, schwarz hartplastikragende Obelisken der langsamen
Selbstzerstörung, kaum einmal nimmt jemand von ihnen
Notiz, meist werden doch die Fluppen, wie es sich unter Män-
nern gehört, von Hacken zermalmt, werden in Gullis und
Pfützen geschnippt, werden achtlos in die erdigen mülligen
Baumkarrees geworfen, zerqualmen sich dort mit letzter
Kraft, vergehen, während ihr ehemaliger Besitzer von ihnen
verschwindet, ihrer nicht weiter gedenkend, die Kastanienallee hoch, den Blick in den Schaufenstern, auf den Touristin-
nengesichtern, die merkwürdigen blau ragenden Osterinsel-
automaten streifend, in die der Autoabsteller sein Geld
einwerfen soll, kurz aufmerkend, weil im Glitsch der Kastanie
ein eifrig telefonierender Radler in die stählernen harten
Schienen gerutscht und hingekracht ist, sich wieder berappelt,
das Handy kurz prüft, dann rasch weiterfährt mit schräg
geschlagenem Korb hinten dran, ins Pedal ächzend wie je, abwärts, abwärts, während man weiterwatet in diesem Mist von
lieblos gemachtem Wetter.

Zionskirche

[Umkreisung der Kirche. Kupfertorso. Gehwegrekonstruk-
tion. Dongdong! Tauben, Gras. Gras.]

Kastanien / Schwedter

Vater Kaschtan, deine leeren, verdreckten Sonnenschirmstän-
der, dein abgeratzter Granit, deine tumb ragenden vollgekleb-
ten Laternen, deine Kotzpfützen aus tiefster Seele, die Häuser,

die unter Kaiser Wilhelms weisendem Finger hier hoch über
die Felder gekrochen sind, Wege und Bäume und Gras und
Igel und Insekten fressend, einen sanften Hügel verwandelnd
in stinkende, keifende, grauende Stadt, deine Fluppenreste,
die stechenden gelangweilten Blicke, die Spiegelbrillen, deine
Tonnen verspuckter Kaugummis, leerer Bierflaschen, die die
Abgehängten still einsammeln sollen, deine Gehwege voll
Rotze voll Mann-DNA, deine gottverfickten Pimmelpoller, aus
dem Boden ragende Stahldildos, die man umtreten kann.
Deine langsam verschluffenden, langsam ergrauenden Berufs-
jugendlichen in Jeansjacken mit Hertha-Anstecker, deine nie
gelesenen, nie verstandenen Autoren, nie erhörten Herzen,
deine vergessenen Kindheiten, versunkenen Meere, all die
Augen, die suchen wollen und immer nur Hauswände finden
– Hier bin ich, hier schleiche ich, hier diene ich dir, jeden Tag,
jede Dämmerung, jede Nacht, die die Erdrotation werden
lässt.

Kastanien / Schönhauser

Am Prater schleiche ich immer noch mit einem Gefühl der
Scham vorbei. Dabei ist das schon so lange her. Dabei war ich
ja damals noch jung. Und ich könnte auch stolz sein, mit wie
vielen Tricks und Überredungskünsten ich es damals geschafft habe. Erst war ich, direkt nach dem Konzert, zu den
Roadies hin. Hatte denen erzählt, ich hätte jetzt noch einen
Interviewtermin mit Mark, und die Roadies zuckten kaum
mit den Brauen, so sehr waren sie derlei sinnlose Versuche
schon gewohnt. Interview? *Nach* dem Konzert? Mark? Sie
schüttelten kaum den Kopf. Doch, sagte ich, und erfand

irgendeinen Quatsch von wegen wichtiger Zeitung, der erste Termin sei kurzfristig geplatzt, und ausnahmsweise habe Mark sich bereit erklärt …

Die Roadies hatten zu tun. Sie waren nicht mal unfreundlich. Ich war so etwas wie die leeren Bierflaschen, die man wegzuschaffen hat, wie Kabel, die es aufzurollen gibt, wie Scheinwerfer, die man erst mal keines Blickes würdigt, weil sie noch auskühlen müssen. Gegen die hegt man ja auch keinen Groll. Ich aber schlug meine Krallen in sie, zwei gut gebaute junge Amerikaner, ein selten gekannter Stolz hatte von mir Besitz ergriffen, der doch immer nur die Angst vor der Niederlage ist. Sie nannten mir immerhin den Namen des Tourmanagers, an den ich mich zu wenden hätte und der sicher irgendwo da hinten, wo gerade jemand Bier aufwischte, war. Keith.

Keith war nicht da, wo er vermutet worden war, Keith trieb sicher gerade ein paar Tütchen auf oder holte Marks Schmerztabletten von irgendwoher, oder war in Verhandlungen mit den Mädels aus der ersten Reihe getreten. Ich aber hatte seinen Namen.

I'm looking for Mark. No, it's okay, you can ask Keith. Isn't Keith around? You can ask him. Come on, it's okay, can't you get him on the phone?

Schließlich ließ man mich durch, irgendwie war ich ja auch egal, und schließlich ging alles erstaunlich einfach. Gerade als ich meine Angst so richtig aufzupumpen begann im Backstagebereich, gerade als ich die Tür ausgemacht hatte, wo die Band sich jetzt wohl befand, –

kam Mark. An seiner Krücke. Wohl gerade vom Klo.

Und ein Schwung ergriff mich, ab jetzt nur noch voran!

Ich hielt ihn an. Er war es wirklich, Mark Linkous. Ihn umgab diese Rockstaraura, aber noch mehr umgab ihn eine große Müdigkeit und Verzweiflung. Vielleicht munterte ihn irgendwie auf, was er sah. Einen blutjungen, begeisterten Kerl, knallrot auf den Wangen. Er zeigte mit der Krücke auf zwei Stühle in der Nähe.

So saßen wir da. Manchmal rauschten Leute vorbei, aber niemals war es der befürchtete Keith, der irgendwie auf die Uhr gezeigt hätte oder so. Sondern da saß ich nun mit Mark Linkous, unter seinem Stetson hing eine lange schwarze fettige Strähne heraus. Und ich merkte …

wie absurd das alles war. Merkte, wie klein und bescheuert die Fragen waren, die ich mir so halb zurecht gelegt hatte. Woher er die Inspiration nehme. Wie viel seine Musik mit den Bergen und der Prärie zu tun habe. Ob Musik sich verändere, wenn man sie auf einem fremden Kontinent, in einer fremden Großstadt, vor einem fremden Publikum spiele. All dieses dumme, schlau sein wollende Zeug.

Da saß er vor mir. Mark Linkous. Bot mir von seinen Kippen an, und ich rauchte nicht mal. Versuchte, mit schlechtem Englisch meinen Nichtraucher-Standardwitz zu machen.

Ich hätte vielleicht nur sagen sollen:

Mark. Thank you so much. What you do means a lot to me.

Wer weiß, vielleicht hätte ihn das ein bisschen gefreut. Vielleicht hätte er bemerkt, so unter uns, dass ich eine befreundete Seele war, eine unerlöste Seele, die schaffen wollte.

Und es hätte ein guter Moment sein können. Wir hätten zusammen eine geraucht.

Aber ich war jung. Ich dachte, es gäbe Antworten zu holen auf dieser Welt. Dachte, dass, wenn, die Antworten aus Mark sprechen müssten.

What's the, what's thee, why is it ... Have you always felt you had to be a musician?

Hell, no.

Not?

No, buddy.

Soo ... What is it then you would like to have done?

(Hier schnaufte er einmal tief durch, und ich spürte, wie ich ihn verlor.)

I'd like to ride my bicycle.

(Leichtes trauriges Lachen.)

Oh yeah, Queen! You like Queen?

(Leichtes Kopfschütteln.)

No man, I don't like Queen.

Und da war dann alles aus mir gewichen. Why the hell should he be sitting here with me right now? Who was I to invade his life?

Mark rauchte aus, ganz ruhig.

Do you consider yourself having a message?

Hier grinste er ein wenig.

Message in a bottle, sagte er.

Mehr weiß ich nicht mehr. Message in a bottle. S.O.S. to the world. Es muss dann irgendwie bald auseinander gegangen sein, das ist alles gelöscht bei mir, gebückt schlurfte er an der Krücke ins Schummrige, und ich, ich ging hinaus ins Licht. Ich wollte nicht, wollte diesen Moment und diese Nähe nicht verlieren. Aber was hätte ich tun sollen.

Ich schwebte durchs Foyer. Stieß die Tür auf. Über der Tür
stand: PRATER. Paillettenglitzernd.

Sechs Monate später schoss er sich eine Kugel ins Herz.

Cantian

[Empor-Platz, Trainingsspiel, Trainergebrüll: Ordnung!
Ordnung! Lichtmasten schräg hoch in den Himmel, vorm   53
Wolkenrodeo, eine Kirche ist nix dagegen.]

Cantian / Gaudy

Hallo!

Sie sind verbunden mit der Mailbox von
Null Eins Sieben Null Fünf Zwei Null Eins Null Null Vier
Sie haben
eine
neue Nachricht
zum Abhören ihrer neuen Nachrichten drücken Sie bitte
pschschschschschschschschsch …
Schwanowski hier, Gemeindepflege Guben. Bitte melden Sie
sich umgehend unter der Null Drei Fünf Sechs Eins Fünf Drei
Null Eins Eins.
Ich wiederhole: Bitte melden Sie sich umgehend unter der
Null Drei Fünf Sechs Eins Fünf Drei Null Eins Eins. Es geht um
ihre Großmutter.
pschschschschschschschschsch …
Piep.

Jahnsportpark

Heute gehe ich nicht weit. Von meiner Erdgeschossbude tropfe ich hinaus, rolle grad mal über die Cantianstraße und verschmelze dann direkt mit dem Jahnpark. Im Jahnpark ist immer Sonne. Im Jahnpark ist immer Wind. Im Jahnpark kann ich mich auf mein Lieblingsmäuerchen setzen, kann vorbeilaufenden Hunden zuzwinkern, deren Frauchen dabei manchmal gemeint sind, kann Feuer, Luft und Erde mir in die Lungen treiben, den Flug des Krähenschwarms verfolgen, der es sich oben auf den Flutlichmasten des großen Stadions gemütlich gemacht hat, kann, sitzend, das geruhsame Getriebe der Einzelpassanten, der Kinderwagenschieber, der rollenden Radler und Sporttaschen tragenden Jugendlichen, kann das alles um mich herum ziehen lassen, von links nach rechts, von hinten nach vorn, über das kleine Rasenstück hinter mir, über den Asphalt, unter Kastanien und Pappeln, habe keine Angst, verspüre keine Fremdheit, fühle mich anwesend und doch nicht da, wie ein guter Geist. Manchmal rollt der Herr des Jahnsportparks, der Platzwart des SV Empor, in seinem Golfwägelchen vorbei, manchmal sehe ich die Jung-papas mit ihren Buggys am Zaun vom kleinen Sportfeld stehenbleiben, ihren Nachwuchs parkend, sehnsüchtig hinüber aufs Fußballfeld schauend, jede Bewegung dort im Geiste mitvollziehend, jeden Torabschluss mitzuckend im rechten Fuß, schnaubend vor Ärger, wenn das Ding über die Latte geht, mit fiebernd ohne rechten Anlass, da man ja gar nicht weiß, wer da genau spielt. Aber der Sog ist unwiderstehlich. Da laufen und da spielen sie, meist bist du mit den Blauen, weil Blau hier die Heimfarbe ist, oft fluchst du leicht, wenn der Schiri, anders als du Besserpostierter, einen Rempler übersehen oder einen kniffligen Einwurf falschrum gegeben hat, manchmal musst du grinsen, was das Trainervolk da von der Außenlinie ständig reinzuschreien beliebt, lauter sinnlos verpuffende Anweisungen, lauter kleine Stoßgebete, die um Hirn vom Himmel bitten, warum zum Donnerwetter tun die Jungs nicht exakt das, was du in deinem Kopf ablaufen siehst, warum dreht er sich jetzt rechts- statt linksrum, warum nimmt er den Ball nicht an, statt diesen verrutschten Pass die Außenlinie runterzuspielen, zum Mausmelken ist das doch, zum Blitzschleudern, zum Plasteflasche-auf-den-Boden-Schmeißen, so wenig kannst du dich losmachen davon, so sehr bist du Teil des Schauspiels da drüben auf dem Rasenkarree, und so sehr wünschst du dir eine Pille an den Fuß, und so sehr wünschst du dir, die Made da im Buggy wäre schon drei, fünf, acht Jahre älter, und du könntest ihr deine Tricks zeigen, bis sie über deine Tricks und deine Hüftsteife zu lächeln beginnt, du zum Kicken nicht mehr benötigt wirst und dir, ächzend, lächelnd, ein Stammplätzchen drinnen im kleinen Stadion suchen kannst, vor der Umkleidetribüne, einen dieser weißen Plastikstühle, wie sie hundertmillionenfach sich über

die Welt verteilt haben, für dich und die Fußballpapas aller
Länder, für den Gemüsehändler in Delhi und die Schatten-
sitzer in Kinshasa und für den beschäftigungslosen Taxifahrer
in Bogotá, überall derselbe Stuhl, weiß, leicht geschwungen,
mit Streben am Rücken, unkaputtbar praktisch, ein physisch
vorhandenes Mem, auf dem es sich sitzen lässt, überall rund
um den Globus, von hier bis ans Ende der Zeit.

Jahnsportpark

Piep. Ich liege auf der Rasenschräge neben dem Kunstrasenplatz, auf dem gerade eines der D-Jugend-Teams gegen
Einheit Pankow kickt, ohne dass allzu viel Entscheidendes
passiert. Das Spiel wogt hin, es wogt her, der D-Jugend ist das
Spielfeld noch ein bisschen zu weit, sie bekommen die groß
angelegten Spielzüge nicht so hin, selbst wo sie es wollen. Mit
halb offenem Auge versuche ich, aus dem unreifen Getrolle
ein paar schöne Aktionen auszufiltern, ein paar Talente, ein,
zwei Lieblingsspieler zu finden, ärgere mich, wie immer bei
diesem Typus, über den Einheit-Fummler, der an der Eck-
fahne seine Pirouetten dreifach dreht, ganz egal, ob jemand
seiner Kumpels in Position gelaufen ist, ganz egal, ob er den
Gegenspieler eigentlich schon nass gemacht hat, die Pirouette
muss sein, sie erzeugt sich selbst und ihrer immer mehr, und
sie endet stets damit, dass der Ball final über eine der beiden
nahe gelegenen Auslinien kullert, endet jetzt zuletzt auch
damit, dass der Brummkreisel versuchsweise, obwohl dieses
Testspiel noch nicht einmal einen Schiri kennt, sich – plopps –
unberührt fallen lässt im hintersten Strafraumeck, wofür noch
nicht einmal die nächsten seiner Mitspieler einen Elfmeter

haben wollen – vollkommen unbeeindruckt rollern sich die Empor-Jungs den Ball wieder zurecht, vollkommen selbstverständlich gibt es Abstoß, läuft der Ball zur 6 am rechten Flügel, deren Haltung und Abgeklärtheit und deren intelligente Zuspiele ich mich hier heute am meisten zu genießen entschieden habe, und die nicht zufällig auch das 1:0 vorbereitet hat vor wenigen Minuten … Gedränge kurz vor der Seitenlinie, Pressschlag, Arme hoch, Aus. Jemand muss dem Ball nachrennen. Wieso eigentlich piep?

Ich kram' das Handy aus der linken Leistentasche. Es ist Mork. Ob ich noch Interesse an einem Ticket für die Kurve am Samstag hätte? Momentan sehe es ganz gut aus, Tom sei verhindert, Susan habe das Ticket vom Käptn am Start, und Nats habe, wenn er es recht verfolgt habe, noch eine DK von einem der alten Hools aus den unteren Reihen im Sack, wenn ich also weiterhin frei sei, so …

Ich sende einen Daumen. Looft.

Jahnsportpark

Ist sie es, ist sie es nicht? Ganz da hinten läuft eine Frau vorbei, hinterm Zaun noch, die Cantian runter, ganz ihre Richtung, dunkle Haare, dieser spezielle Gang, wahrscheinlich ist sie's. Eichhörnchen rasen an Bäumen rauf und runter, Bälle fliegen über den Rasenflächen auf und nieder in erhabenen ballistischen Bahnen, Regentropfen schweben vom Himmel langsam herunter, immer größer werdend, und platschen mir ins Auge. Sie ist es, sie ist es nicht, sie ist es, sie ist es nicht, ist es, ist es nicht, does it matter, who cares. Ich sehe wieder hin, sie ist einen halben Schritt weiter gekommen, das rechte Bein hängt in der Luft, die Haare wehen, sie trägt ein blaues Kostüm, wie sie noch nie eines getragen hat, sie hat eine Fifties-Sonnenbrille auf, die sie nicht besitzt, ihre Umhängetasche baumelt in der Luft nach hinten. Ich drehe mich auf die Seite und beginne mit einem Blümchen, dessen Name mir nicht einfallen will, eine Konversation.

Jahnsportpark

Heute habe ich einen Ball zurück gekickt. B-Jugend-Spiel oder so ähnlich. Rosige Kerlchen, die nicht ansprechbar sind, die ihr ganzes Leben und noch ein halbes Spiel vor sich haben, liefen durch die nasskalte Luft, kreiselten, rochierten, riefen einander, alles Nebengegröl der Trainer wacker ignorierend, Anweisungen zu: Ordnung! Ordnung! Hintermann. Lang, schlechter Ball, Körper ran, Körper ran! Den Sechser, hier den Sechser, jeder einen Mann! Ein wild kreiselndes Ballett führten sie auf, schnell entscheidend, alle Bälle klatschen lassend, keine Sekunde für Nachdenkprozesse, ehe der nächste schwarz-schwarze BFC-Preusse ihnen wieder auf den Füßen stand, keinen Gedanken an den großen Plan verschwendend, dessen Teilchen jeder von ihnen war, umstanden von Menschensilhouetten mit Regenschirmen, angewiesen auf das große Kunstrasenkarree, das ihnen ohne Worte alles, was zu tun war, zuraunte mit der stillen Stimme ewiger Regeln, abgegrenzt von einer niedrigen Reling, hinter der ich stand, eine, zwei rauchend, mit dem Blick aufs Gewimmel sinnierend, wie weit weg der Fußball von dem war, den ich gespielt hatte, der dem Ball, der der Überlegung Raum ließ, der Muße, der Kreativität, dem genialen Einfall, dem einen, entscheidenden,

tödlichen Blick, für den heute gar keine Zeit mehr ist, keine
Sekunde, kein Quadratmeter mehr, da du den Druck auf dich
spürst in jedem Moment. Warum wussten wir früher nicht,
wie viel man laufen, wie viel man pressen kann? So oder ähnlich (wenn mir nicht doch eher Alinas letzte FB-Messages
durch den Kopf gingen) dachte ich vor mich hin, als ganz in
der Nähe das geliebte Bloppsen zu hören war und der Ball,
von einem remis geführten Zweikampf aus dem Spiel ge-
schleudert für den Moment, auf mich zurollte, auf meinen
beinahe schon frierenden, dem Spiel seit Langem entwöhnten
Fuß, ein Ball, der vom Pressschlag einen Spin mitgebracht
hatte, der eine schiefe Bahn flog, klar erkennbar jedoch direkt
auf mich zu, der ich mich, so geistesgegenwärtig wie es dem
Außenstehenden, dem nicht ins große Wahrnehmungsgefüge
des Teams eingespeisten Geist eben möglich ist, kugelwärts
drehte, leicht gebeugt, Zigarette in der Rechten, die Linke
noch in der Tasche versunken, und mich einmal mehr ein-
brachte und verlor in diesem großen, nie seinen Reiz ver-
lierenden Moment: Alle Physik, die wir kennen, kommt in
einer binnen Millisekunden zu entschlüsselnden Aufgabe auf
uns zu, Geschwindigkeit, Feuchtigkeit, Ballhärte, Flugkurve,
Wind und Drehmoment gilt es in eine schlüssige These
zu bringen, den Fuß gilt es in eine geschickt abgewinkelte
Position zu bringen, Bein und Körper auszubalancieren, um
dieser einen Botschaft, die das All auf uns abgeschickt hat,
eine entschiedene Antwort zukommen zu lassen, dem Ball
den perfekt ausgeführten Stoß zu verpassen, ihn in einer
edlen Kombination aus Kraft, Geistesgegenwart und Eleganz
möglichst lässig an eben den Punkt zu befördern, wo er jetzt,

allen Regeln zufolge, zu sein hat, beim Empor-Spieler mit der Nummer 4, dem wir, um unsere Solidarität zu bekunden, diesen einen Weg abseits des Feldes zu ersparen suchen – mehr aber noch, um unsere Eignung, unsere Tauglichkeit für dieses Spiel zu zeigen, zu zeigen, dass wir alles lang verstanden und alles schon immer gekonnt haben …

Lasch tropfte er ab vom rechten Fuß, der, wie so oft, die nötige Gelenkfestigkeit vermissen ließ, bopp, knirsch, im Nachgang immerhin zeigte der linke Fuß beim Zurückschieben der Kugel eine gewisse Andeutung von Ballgefühl, welches ich immer besessen, nie aber die körperlichen Restvoraussetzungen gehabt habe, um aus dieser Einzelbegabung (von zehn bis zwanzig benötigten) so viel zu ziehen, als dass es zu mehr als einigen geglückten Pässen gereicht hätte, in der Halle, wo weniger Wucht notwendig ist.

Dank ward mir keiner zuteil, ich hatte ihn aber auch nicht erwartet, meine Füße spürten ihrem Erlebnis nach, die 4 warf ein und sah sein Team im Nu in neue Bedrängnis kommen, der feuchte Wind flog mir recht erfrischend durch die Haare, und als der Torwart den Ball aufnahm und das Spiel für kurze Momente beruhigte, steckte ich mir die nächste Fluppe an.

Jahnsportpark

Die Laufbahn. Die Selbstverwandlung in Maschinen. Starre Blicke aus geröteten Gesichtern. Displays an Körpern. Zahlen, die über Erfolg und Schmach entscheiden. Der Ernst des jüngsten Gerichts.

Memento Mori: Alle 400 Meter laufen die Leute hier dran vorbei, und das nicht sehr gern. Seit Jahren ist auf der Mitte der Gegengeraden, am Rand der Laufbahn, auf dem Rasen, eine kleine private Gedenkstätte. Seit Jahren liegen dort immer ein paar frische Blumen, leuchtet jede Nacht ein Grablämpchen. Weitere Hinweise sind nicht zu erhalten. Oder vielleicht doch. Vielleicht müsste man nur stehen bleiben, ausscheren aus dem Gerenne, ein bisschen mit den Füßen schütteln, die Hände in den Hüften, und so könnte man, schwer atmend, seine Neugier stillen. Das macht natürlich niemand. Mitten im Joggen, im Schwitzen, Schnaufen – wer würde da stehen bleiben und des Todes gedenken wollen? Wer auch würde durch die Kabinenbauten hindurch die Laufbahn betreten und dort auf dem grünen Rand eine halbe Außenrunde marschieren wollen, ein paar Krähen aufscheuchen, um diesen intimen, traurigen Ort zu inspizieren? Während des Laufens denkt man vielleicht noch daran. Am Ende trudelt man aber nach der letzten Runde erschöpft ins Aus, an die Handläufe, strecken und keuchen, und dann ist doch keine Lust mehr da, noch einmal rüber zu latschen. Oder die Neugier nicht überwältigend genug. Oder dass man es ganz schön finde, das Geheimnis ungelüftet zu lassen – redet man sich ein. Geht da nie hin. Und doch ist der Grund ja ganz klar ein anderer.

Jahnsportpark

Warum auch immer junge Männer im ausgehenden 19. Jahrhundert das Bedürfnis verspürten, zum Fußballspiel zusammenzukommen, sich einheitliche Hemden und gleichfarbige Mützen anzuziehen, wieso auch immer sie den Impuls verspürten, aus freien Stücken und ohne das Gebrüll eines

Oberkommandierenden zu einer neuen Einheit zu verschmel-
zen, sich Regeln zu unterwerfen, ein selbstorganisiertes
Gebilde, ein Körper höherer Ordnung zu werden, welcher
sich keinem Mord und keiner Eroberung widmet, sondern
nur dem Kräftemessen und diesem unvergleichlichen Fuß-
ballfeldgefühl, dass Gedanke und Bewegung in eins fallen,
dasselbe sind – hierher kamen sie, über die Bernauer rüber,
hierher kamen sie, um eine Kugel kreisen zu lassen, um in
freie Räume vorzustoßen, um, die Kugel am Fuß, zu laufen, so
schnell, wie es ging und dann eben doch wieder nicht ging,
weil man sich, aus freien Stücken, den Begrenzungen des
Spielfelds und den Anforderungen der Ballmitnahme unter-
worfen hatte, statt das Leder unter den Arm zu klemmen und
so auf Raubzug zu gehen. Hier, auf dem Exerzierplatz, ganz
nah an der Einsamen Pappel, entstand, in der Wiege des
Barbarischen, Zivilisation. Hier spielten die Alemannen, die
Teutonen, die Germanen, hier spielte Hertha. Dreck, Wetter,
Schürfwunden, gebrochene Knochen, nichts konnte die
jungen Männer davon abhalten, eine neue Welt zu erschaffen,
eine Welt, in der andere Regeln galten, wo der Lehrling den
Meister ausspielen konnte, kein Offizier die Marschbefehle
gab, wo nur der Ball und der Wind und die Bewegungen
ringsumher dir sagten, was du zu tun hattest, wenn du ihre
Sprache verstandest.

Jahnsportpark

Für Alex Alves haben sie im Stadion einmal Ballons steigen
lassen. Zu Panflötenmusik. Und das kriegte einen. Das war
schlimm. Wieso kommt man da nicht gegen an?

Das Wetter war großartig, damals, auf dem Rasen kickten ein paar Altgewordene, Stars einst, heute beinahe schon wieder vergessen, vorhanden als das, was sie einmal waren, nur hier, nur neunzig verzauberte Minuten lang, in dieser Zeitblase, die von vielleicht zehntausend Blau-Weißen errichtet wurde, indem sie alle gemeinsam mit ihren Herzen in die Vergangenheit blickten. Sie kickten als Gedenken an Alex Alves. Der Mann, der so viel verdaddelt hatte in seinem steten Bemühen um die Unsterblichkeit, der nachts im weißen Pelzmantel durch die Diskos flog, und in dem einmal das Göttliche sich zeigte: Gegen Köln hat er in Blau-Weiß ein Tor vom Anstoß weg geschossen, beim Stand von Null zu Zwei, über das halbe Feld segelte der Ball, senkte sich unerreichbar gerade so eben unter dem Torwinkel durch, hinein! Eben noch, bis vor einer Zehntelsekunde, an der das Universum sich brach, war das Spiel verloren. Jetzt würden wir gewinnen. Man konnte es spüren. Man wusste es. Alex Alves. Der Zeit und Raum bog für einen Moment. Ein Magier. Ein Schamane. Viel zu früh haben die Gottheiten ihn zu sich geholt, zurück blieb seine einsame Tochter, Alexandra.

Die Tochter stand im Anstoßkreis. Plötzlich war alles still. Das Spiel vorbei. Ungelogen brachen die Strahlen der Sommersonne durch die Wolken. Jetzt fingen sie an, Panflötenmusik einzuspielen. Zehntausend Menschen schwiegen. Und die Panflötenmusik, ja, wie soll man das sagen, die Panflötenmusik ergriff die Herzen – auch wenn das unauflösbar ist. Ein Luftballon flog los, Alexandra hatte ihn losgelassen, schaukelnd trieb er aufwärts, am Stadiondach vorbei, als wollte er einen losmachen in der Stadt heute noch, das hätte Alex Alves gefallen, und aufwärts trieb der Ballon, in den Himmel hinein, die Musik hatte all ihre Abgeschmacktheit abgestreift, sie veredelte, für zehn Sekunden, jeden, und als Alexandras Ballon einen gewissen Vorsprung Richtung Himmel einflottiert hatte, öffneten sich die großen Ballonnetze ringsumher, und in großen Trauben stiegen sie der einen Seele hinterher: Hunderte von weißen und Hunderte von schwarzen Ballons, demselben sanften Sommerwind folgend, aufwärts und der Stadt zu, immer höher, in die Wolken und die blauen Himmelsfetzen, flöt, flöt, immer weiter weg von uns …

Man kam da mit Ironie nicht gegen an. Das war zu stark. Sind wir am Ende doch alle manipulierbar? Wenn jemand käme und eine Alex-Alves-Kirche gründen wollte – würde hier, jetzt, irgendjemand widerstehen, würde sich in der Erde, dem Rasen, dem Beton der Realität verankern können?

Das waren so die Gedanken, denen man sich kurz hingab, und wir sahen uns an, und allen war das alles etwas peinlich, aber Mork hatte irgend einen guten Witz parat, und außerdem mussten wir nun noch rasch zu Linn in die Kneipe ziehen, um dort den Grill anzugrillen und den ewigen Kreislauf der Biere in Schwung zu bringen.

Jahnsportpark

An meinen Vater habe ich nur eine gute Erinnerung, und die ist noch nicht mal echt. Mein Vater und ich, wir saßen an unserem kleinen, eleganten Wohnzimmertisch, ein richtig echter Nierentisch in Weinrot, ein solcher Tisch, der heutzutage ohne Weiteres zum sozialen Mittelpunkt eines jeden Kiezes werden würde, stellte man ihn nur in eine halbwegs gelungene, einigermaßen nett gelegene Bar: Ein solcher also stand damals, halb im weißen Flokati versunken, eben im Zentrum unseres Wohnzimmers – das waren die Zeiten, in denen Tischchen wie dieser ihre ganze wärmende Superkraft noch nicht so entfaltet hatten, oder vielleicht war unser Wohnzimmer auch einfach so ein Knotenpunkt zwischenmenschlicher Kälte, wie sie rasterartig um den Erdball herum angelegt sind und vielleicht, wenn man Glück hat, sich aufgrund plattentektonischer Vorgänge auch nach und nach verschieben oder einfach unterrumpeln und verschwinden von der Kältekarte der Erde …

Dort saßen mein Vater und ich. Auf dem Schwarzweißbildschirm lief ein Film mit Doris Day, den wir schon acht Mal gesehen hatten, er lief ohne Ton. Mein Vater konnte sehr optisch sein, wenn er wollte, den Handlungsverlauf des Films hatte er ja beim ersten Mal bereits begriffen, abgespeichert und gut verschlossen irgendwo, aber die Bilder waren eben Bilder, die brauchten eine Präsenz und die gab man ihnen. Laufende stumme Schwarzweißbilder waren geisterhafte Dauergäste in unserem Wohnzimmer, eine Permainstallation mitten im Polarfrost, ein eindringliches Werk, das nur leider niemals dazu bestimmt hätte sein sollen, dass jemand darin wohnte, naja. Immerhin hatten wir West-Fischlis herumstehen, und geschlagen wurde ich nicht, und niemand nahm mir meine Teddis und meine Otter weg, mit denen man kuscheln konnte. Man gab mir zu essen. Tomatensuppe. Nudelauflauf. Leber mit Apfelmus, extra für mich aus einem Schwein heraus geschnitten, eine noch frische, pochende Leber. Berge von Apfelmus waren nötig, das Schwein zu vergessen.

Mein Vater stellte die Fischli beiseite, auf so ein gläsernes Beistelltischchen, auf das nur er Zugriff hatte. Gerade hatte ich mir eine Faust mit ihnen füllen wollen. Mein Vater sah mich an mit dieser eigentümlichen Mischung aus Grinsen und Ernst, die mich vollkommen aus der Fassung zu bringen angetan war, deshalb vor allem, weil mein Vater einen sonst ja überhaupt gar nicht anguckte. Ich versuchte, ihn auch anzusehen. Mein Hirn war voller Fischli.

Ich versuchte, sie nicht anzusehen. Mein Vater sprach von der Sportschau. Die Sportschau war so ein Ding, zu dem man manchmal hin umschalten musste, es gab dafür einen rattligen Drehknopf am Fernseher. Trickfilmzeit-Adelheid zerfloss in ein wildes schwarzweißes Zucken, der väterliche Finger drehte am Drehknopf, ein Zwischenbild wurde und verging, dann pendelte sich das monochrome Rauschen wieder zu einem neuen Bewegtbild zusammen: Ein Finanzbeamter stand mit ein paar Notizen auf Pappe vor der Kamera und bewegte den Mund, dann waren Menschen in Stadien zu sehen, dann sah man die Fußballer hin- und herlaufen, sah man sie im Torjubel abdrehen vom Tor, sah ihre langen Haare herumflattern um die schreienden Gesichter ...

Für wen ich denn sei. Ob ich für die Eintracht sei, fragte er, oder vielleicht für die Borussia, und er hatte etwas Lauerndes. Ich wusste, dass es zwei Eintrachten gab, die aus Frankfurt (West) und die aus Braunschweig, wusste auch, dass es sich mit der Borussia ähnlich verhielt. Aber etwas sagte mir auch, dass die Falle in der Frage an einer ganz anderen Stelle zuschnappen würde. Ich druckste ein wenig rum, erzählte von den Jungs in der Klasse und wen die so gut fänden, Bayern

München hatte ich aufgeschnappt, Schalke, Stuttgart, Kaiserslautern … Nichts am Vatergesicht zeigte eine Regung bei der Nennung dieser Namen.

Aber ich? Insistierte mein Vater. Ich müsse doch einen Fußballklub haben.

Ich machte einen Stulpmund.

Jeder Junge hätte doch einen Lieblingsverein.

Stulpmund.

Ob ich denn kein richtiger Junge sein wolle?

Mir wurde immer klarer, dass ich ohne eine Antwort meine Fischli nicht wieder kriegen würde. Der Blick meines Vaters bohrte tief in meinem Wohlfühlzentrum herum. Ich kratzte am Sesselpolster. Doris Day sang grad etwas, sie lächelte ganz beseelt dabei.

Ich drehte meinen Kopf meinem Vater entgegen. Einen schwindelnden Moment lang war ich mir nicht sicher, ob es das wirklich gab, aber ich sagte es trotzdem, denn Zweifel konnte mich nicht mehr retten, und alle meine Namen bis auf einen hatte ich verschossen, es war ein Name, den ich schon oft in Opas Partykeller gelesen hatte, auf Plakaten, auf Bierdeckeln, auf kleinen Stehwimpeln. Und ich sagte, mit plötzlicher Gewissheit:

Hertha BSC.

Doris Day brach in ein sehr gekonnt herzliches Lachen aus, kein Haar an ihr zitterte.

Jahnsportpark

Meine eigene Fußballkarriere dauerte einen Nachmittag lang. Meine Eltern in ihrer sensiblen, aufmerksamen Art hatten irgendwann auch mitbekommen, dass ich totaler Fußballfan war, und hatten aus irgendwelchen Zusammenhängen einen mittleren Besoffski aufgetrieben, der in irgend einer Berlinligamannschaft in den Sechzigern eine Rolle gespielt hatte. Jetzt saß er mit Schnurrbart und Ion Tiriac Brille auf unserem Sofa und ließ sich in sein Weinbrandglas nachschenken. Dann war auch schon alles klar: Der junge Mann sollte ruhig mal zum Training vorbei kommen. Tat er dann auch. Hatte noch nicht mal das richtige Trikot. Konnte keinen Ball stoppen, schoss mit Pike, sah im Tor zu, dass er aus der Schussbahn kam. Schürfte sich das Knie auf und starrte das Blut an. Wurde von niemandem mehr angespielt. Nach den anderthalb Trainingsstunden kamen zwei gelockte Zwillinge aus der Mannschaft auf ihn zu, echte Cracks, E-Jugend war das, und einer von beiden sagte zum jungen Mann:

Wenn du nächste Woche wieder so scheiße spielst, kriegst du den Arsch voll.

Und das war also meine Fußballkarriere. Meine Eltern haben das nie erfahren. Aber ich bezweifle auch stark, dass sie je danach gefragt haben.

Jahnsportpark

Piep piep.

hey yo dit wird leidr nix m tics! susa käptn & tom sin nu doch am start & guntram hat wolf & dan bschd gesagt wg kurve & die ham eh noch 1 offen. lg

Ich habe nicht die geringste Ahnung, wer Guntram, Wolf und Dan sind, aber so viel verstehe ich: Mein Samstag ist soeben flöten gegangen. Da werden sie wieder in der Kurve stehen, die Lieder singen, die Fahnen wehen ...

so lange wird die Alte Daaahame
nie untergeeeh'n
weil wir zu ihr steeeh'n   69

Jahnsportpark

Im Zentrum des Jahnsportparks steht eine eigentümliche Fußballerstatue auf einem mannshohen steinernen Sockel. Überkräftig, übermuskelig ist der Fußballer mit seinen schweren kupfernen Stollenschuhen in einer hakenkreuzähnlichen Gesamtästhetik eingefangen, mitten im Lauf, Luft schaufelnde Arme, den Ball kurz vorm Zertretenwerden unterm Fuß klebend, teutonisch hirnentkernter Siegeswille im trutzigen Antlitz. Tritt man näher, erfährt man nichts. Da ist keine Jahreszahl, kein Bildhauer, da ist nur die Ästhetik, sie spricht für sich. Dies ist der namenlose Fußballer, mit großen Schritten, kampfesbereit strebt er seit Jahrzehnten der sinkenden Sonne entgegen, Lebensraum im Westen suchend, im nahe gelegenen Wedding. Ein rechteckiges Blumenbeet umgibt ihn, manchmal hupfen Spatzen daher, manchmal scharwenzelt ein geschäftiges Eichhorn vorüber. Der hier kann ihm nix, konnte auch Generationen von Eichhörnchenvorvätern nix. Er ragt nur.

5 Das Sterben

Jahnsportpark

Jetzt ist es Abend geworden. Gelbliches Lampenlicht und Nachtschatten am Boden wechseln sich ab. Ich bin sicher der letzte Mensch, der mit einem Diskman spazierengeht.

Granddad had a stroke and took
Himself a motel room to die
My parents, they just sit and wait
For the day they're gonna die
And me
Meeee
What do I do
When they die

Die silberne Akustikgitarre, der Hall, wie Wolken, die in der Sonne zergehen an einem halbwarmen Abend.

Neben dem Vereinsheim haben sie der Gasheizung ein Häuschen gebaut. Die kleinste Platte der Welt. Der Schornstein schickt Schwaden zum Himmel, die Heizung sendet warmes Wasser durch Rohre, das warme Wasser läuft durch das ganze Vereinsheim und dann zurück. Dabei ist gerade niemand im Vereinsheim. An der Bulettenbude stehen ein paar, und auf dem hell erleuchteten Nebenplatz spielen

Jugendmannschaften ein Halbfeldturnier. Gerade als ich mich wegdrehe, zum dunkel liegenden Stadion hin, brechen sie in einen Jubel aus, der ihnen die Kälte vertreiben hilft.

Ich kann meine Schritte nicht hören. Die Tennisplätze liegen leer. Letztes bläuliches Licht vom Wedding steht hinter den Flutlichtmasten, die schwarz in dünnere Luft hinein ragen. Keine Bewegung ist über ihnen, keine Wolken ziehen, der Himmel sinkt nur langsam in die Nacht. Wo ist die Kolonie Krähen, die dort immer sitzt und palavert?

Im Schatten des Gebüschs kommen mir zwei Frauen entgegen. Es sei schon echt kein Spaß, sagt die eine, mit dem Expartner um den Hund zu streiten. Im Vorbeigehen erkenne ich die Frau, sie sieht mich im Dämmerlicht. Hinterher trottelt ihr Hund, er will aufholen, auch er läuft ohne Erkennen an mir vorbei.

Jetzt kommt niemand mehr. Der Diskman schnurrt, ehe er den ersten der beiden Songs wieder leise einsetzen lässt. In der Pause kann ich hören, wie die D-Jugend in das nächste Torgeschrei ausbricht, schon weiter weg. Dann bin ich wieder bei mir. Und ich weiß nicht, wie ich es sagen soll. Aber vielleicht komme ich nicht mehr zurück.

Jahnsportpark

Hier hinter dem dunklen Stadion habe ich mich mit Sylvia angefreundet, in einem Spätsommer, am Hang zum Mauerpark hin.

Es war wieder einer dieser Tage. War wieder einer dieser Spaziergänge, die lieber nicht enden sollten. Weil man nicht wüsste, ob man, wenn man irgendwo hingekommen wäre,

seine Schuhe, seine Jacke ausgezogen hätte, sich hingesetzt
hätte in eine stille Wohnung
    ob man da nicht implodieren würde
    ganz leise fast schmerzfrei
    ohne Hoffnung ohne Ängste
    ohne Morgen oder Gestern
    in sich zusammensacken
    auf eine Singularität
    einen Punkt im Raum
Ausgiebig hatte ich den Prenzlauer Berg bewandert, hatte
einen größeren Schlenker über den Humboldthain genommen, hatte die gut gemeinten letzten Versuche der Sonne zur
Kenntnis genommen. Setzte immer einen Fuß vor den anderen, auf der abgewetzten Mauerparksteppe, zwischen Scher-
ben, Grasresten, Knochen, abgebrannter Kohle.

Hinten am Hang saß eine Frau. Um sie herum schnüffelte
ein kleiner Hund. Erst als sie mir mit einer plötzlichen Arm-
bewegung kurz winkte, verstand ich, dass wir uns kannten.
Von einer flüchtigen Begegnung im Sommer. Ich stand un-
schlüssig da. Die Frau versank wieder in ihrem Handytele-
fonat. Wieso hatte sie mir gewunken?

Ich schlenderte auf sie zu, auf den Hang zu, vom Tiefpunkt
aus. Wer mich begrüßte, war Krause, ihr kleiner Hund.

Krause, den sie von ihrem Nachbarn geerbt hatte, als der
am Krebs gestorben war. Krause, der ganz selbstverständlich
mit mir mitkommen würde, später, nach einem Abend in der
Flaschenbierkneipe auf der Schönhauser, und Sylvia rief lange
vergeblich nach ihm.

Krause schnüffelte an mir, setzte sich aufs Gras, ließ mich

sein ruppiges Kurzhaar streicheln, mit Blick in die Ferne. Überm Wedding stand noch die Sonne.

Ein Blick auf die Frau genügte. Das war gerade kein schönes Telefonat.

Ich scharwenzelte ein bisschen um sie herum, warf Stöckchen für Krause, ließ sie telefonieren. Ließ sie zum Ende kommen. Dann trafen mich ihre grün leuchtenden Augen.

Nicht so'n guter Tag heute, was. Sagte ich.

Setzte mich.

Dann erzählte sie mir ihre Geschichte.

Jahnsportpark

Ihre Urne hat sie selbst entworfen. Knallpink. Mit großen goldenen Buchstaben drauf: SYLV. Der Deckel wurde von einer kleinen Skulptur gekrönt: Auf einer Scheibe Weißbrot saß ein Reh.

Über das Reh weiß ich nichts. Das Weißbrot war ein Zitat aus Sylvias Leben. Abends hatte die Mutter zu den Kindern immer gesagt: *Wer will noch was essen? Aber es gibt nur Brot.*

Genau so war es im Hospiz dann auch. Abends kamen die Pflegerinnen herum, ob jemand Hunger habe. Und dann gab es nur Brot.

Brot, in dem Sylvia mit ihren knochigen Fingern stundenlang herumstochern konnte, es auseinanderpflücken, es mit der Gabel hin- und herwenden, bis nur zerquetschte Krümel blieben.

Ich hatte einen Platz in der ersten Reihe. Ich sollte eine Rede halten. Auf einem geschmückten Podest stand die prachtvolle Urne. Da war jetzt Sylvia drin.

73

Ich wusste nicht genau, ob man hier nun fotografieren durfte oder sollte. Aber ich würde diese Urne ja nie wieder sehen. Leise schlich ich zu Sylvias Mutter, legte ihr die Hand auf die Schulter.

Ob das doof sei, wenn ich jetzt hier knipsen würde.

Nö, sagte sie, mach nur.

Jahnsportpark

Sylvia ging fest davon aus, dass ich über sie schreiben würde. Ich sei doch Autor, sagte sie, da würde man so was doch verwenden. Sie war Tänzerin, war Schauspielerin. Dass sie Material sein würde, war ihr selbstverständlich. Ich glaube, es machte sie sogar ein bisschen stolz. Im Hospiz habe ich ein Foto von ihr gemacht, wie sie im Bett lag, das immer noch schöne Gesicht auf dem Kissen, mir und dem Schicksal fröhlich die Zunge rausstreckend.

Ich sagte, ich würde das gerne auf Facebook posten. Sylvia fand die Idee sofort gut.

Ich lud das Bild dann später in meiner Timeline hoch, ich taggte Sylvia, und ich schrieb:

Nie vergessen – macht SO, wenn der Sensenmann kommt!

Jahnsportpark

Damit die Menschen friedlich zusammenleben, hat man vorm Stadion eine riesige Hausordnung hingestellt, die Fanaufkleber auf ihr erreichen kaum halbe Höhe. BFC, Hertha, København, Millwall …

Unterhalb der Hausordnung gibt es auch noch eine ganze Reihe durchgestrichener Dinge zu sehen: durchgestrichene

Fahnen, durchgestrichene Flaschen, durchgestrichene Motorradhelme, Pistolen, schwertartige Messer …

Ich bewundere den Stadionplan mit seinen durchbuchstabierten Blocks, bewundere die unbekannten Fanaufkleber-Aufkleber, die auf dem Schild in erstaunliche Höhen vorgedrungen sind, so dass sie erst einen Unionsticker mitten in den Grundriss des Stadions platzieren konnten, in drei Meter Höhe, und dann noch einen Herthasticker auf den Unionsticker mittendrauf. Sie müssen Räuberleiter gemacht haben, dort wo ich jetzt stehe und gar nicht stehen darf, denn der Platz unter dem Schild ist per dringendem Hinweis der Feuerwehr vorbehalten, die dafür sorgt, dass die Menschen hier nicht in Flammen aufgehen. Rechts neben dem Schild ist die Feuerwehrzufahrt zwischen Stadion und Schmelinghalle, diese führt zu einem großen Gittertor, das immer geschlossen ist. Ich gehe den nächsten Zaun entlang, Autos dürfen hier nur eingekreiste 10 fahren, damit es nicht zu Unfällen kommt. Durch einen Fußgängerdurchgang komme ich auf das Gelände der Schmelinghalle.

Wie ein Hügelgrab wächst die Halle aus dem alten Todesstreifen heraus, von Gras und Blumen bewachsen, mit einer Andeutung von deutschem Forst sogar drauf, eine Birke, ein paar zusammengekuschelte Kiefern, die ihre Äste trübe durchhängen lassen, größtmögliche Dunkelheit schaffend. Auf dem Gras stehen Schilder, die irgendwas verbieten. Raufgehen auf die Halle kann man trotzdem. Da ist eine breite Betontreppe. Vor die Treppe haben sie eine schlappe rotweiße Plastikkette gehängt. Man hat die Wahl, rüberzusteigen über die Kette. Oder man geht halt einfach nebendran auf dem Rasen.

Schön sein soll es da oben, besonders morgens. Das hat Sylvia mir erzählt. Meistens soll da niemand sein, manchmal qualmen ein paar Jugendliche dort, manchmal macht jemand Tai Chi. Nur sehr selten werde man von da oben vertrieben.

Das wäre immer ein naheliegendes Ziel für uns gewesen. Aber rauf geschafft, zusammen, haben wir es nie.

Jahnsportpark

Zusammen haben wir mal einen 20-Euro-Schein gefunden. Das war auf dem Weg nach Pankow. Das ist noch gar nicht so lange her.

Der Frühling war hervorgebrochen, Sylvia und ich hatten uns für einen Spaziergang verabredet. Was ungewöhnlich war. Normalerweise traf man sie und Krause einfach so unterwegs. Man schlenderte durch den Humboldthain, oder man kam an der komischen Hundewiese vorbei, oder man spintisierte am Mauerparkdurchgang zum Wedding in ein paar Sonnenstrahlen hinein, und da war sie dann auf einmal. Meistens war Krause schon bei mir, bevor ich Sylvia überhaupt zur Kenntnis genommen hatte. Dann ging die Sonne auf. Und immer hatte Sylvia irgendwelche neu entdeckten Geheimorte am Start – eine riesige Wiese, die nur über S-Bahngleise zugänglich war. Oder ein kleines rumpeliges Café an der Panke, wo man auf zusammengezimmerten Bänken zwischen Blumen in der Sonne saß. Oder die Straßenbahn, die einen von P'berg-Zentrum in einer halben Stunde aufs platte Land rausfuhr, Felder und Wälder, langes Laufen und Rumtollen und Kläffen, weiter Blick über Brandenburg, und nicht mal der Fernsehturm war von dort aus zu sehen.

Dieses Mal waren wir verabredet über SMS, und das Ziel war gar nicht spektakulär. Wir wollten nach Pankow laufen, Sylvia wollte von ihren neuen Berufsplänen berichten, immer hatte sie ja etwas Neues in der Mache, nichts davon war je wirklich sicher, und oft genug war Sylvia abgetaucht oder auf Minitournee in der westfälischen Heimat oder in einer Reha an einem schöneren Ort. Sylvia war ja dabei, sich überhaupt erst wieder einzusortieren ins Leben, und wohin das führen würde, wusste Sylvia selbst am wenigsten zu sagen.

Wir waren nicht weit gekommen, hatten uns gerade erst aufgemacht von der Behmbrücke abwärts, Richtung Pankow. Da lag ein 20-Euro-Schein auf dem Asphalt. Die Sonne schien drauf. Wir waren eingeladen. Der liebe Gott hatte uns einen Frühling beschert, er hatte uns einen Spaziergang beschert, Krause immer munter drumherum, der liebe Gott spendierte uns Kaffee und Kuchen. In der Mirabelle in Pankow. Was für ein Start in die Freiluftsaison.

Bald drauf war Sylvia mal wieder weg. Ich arbeitete in meiner Schreibstube vor mich hin. Dann klingelte das Handy. Ich gehe sonst nie ans Handy. Meistens ist der Ton ausgeschaltet. Nicht diesmal.

Hi, sagte Sylvia, *ich muss dir was erzählen.*

Und ich kannte die verfickte Geschichte so gut. Immer wenn die Leute endlich wieder einmal sich aufzuatmen trauen, zum ersten Mal nach Jahren, immer wenn sie wieder Boden unter den Füßen ahnen, an den Zehenspitzen ganz zart, immer wenn sie sich ein Leben vorzustellen wagen – ist der Krebs wieder da.

Dieses Mal war er überall.

Schmelinghalle

[Auf der Halle: Fernblick, Einblick, leeres Gestühl, keine Leute, nur eine Flasche und Reste von Dope.]

Schmelinghalle

Ich habe Sylvia beim Sterben besucht. Es war einer der letzten Tage, an denen sie noch ihr Bett verlassen konnte. Die Beine gehorchten ihr schon nicht mehr, mit nachsichtiger Genervtheit, wie man sie für Säuglinge hat, griff sie nach ihnen, den ausgezehrten, und hob sie ein bisschen hin und her in ihrem Rollstuhl, bis alles richtig war. Ihr Schuhe anzuziehen war gar nicht so leicht. Die dicken Socken.

Draußen schien die Sonne, ganz langsam schob ich Sylvia über die Schwellen und Kanten auf dem Weg, wir gingen zur Eisdiele ums Eck. Emsdetten. Verhauener Beton, viel gut gemeintes, hässliches Zeug. Nirgendwo etwas Schönes zum Sitzen. Wir steuerten eine verrottende Holzbank im Schatten eines Fußgängerzonenbaums an, das ging. Sylvia aß ihr Eis mit dem Löffelchen und erzählte, was sie noch schmecken konnte und was nicht. Ihr Sterbeprozess wurde von ihr mit wachem Interesse begleitet. Sie amüsierte sich über die Leute, die vorübergingen. Die Leute mieden ihren Blick. Sylvias Lebensfreude war dieselbe wie immer, nur sehr verlangsamt. Ich brachte die Eisbecher und die Servietten zum Müll, dann sagte ich: Es muss doch hier irgendwo einen Park geben.

Und den gab es. Gerüchteweise müsste man ein Stück schräg durch die Fußgängerzone, vorm großen Krankenhaus vorbei, an einer Ampel über eine mehrspurige Straße – in unserem Tempo! – und dahinter wäre dann der Park.

Sylvia war sich nicht sicher, ob sie so einen Weg durchhalten würde. Ich wusste: Ich würde nie mehr mit ihr in einem Park sitzen. Wir berieten uns kurz und schuckerten dann los, an Boutiquen vorbei und ein paar schönen Sommerblusen, die Sylvia gefielen. Vorbei an Frisörsalons, Pizzerien. Eine Rampe im Schatten von Betonbauten hoch. Dann standen wir am Krankenhausvorplatz.

Kopfsteinpflaster. Dreißig, fünfzig Meter davon. Es lag wie ein Ozean zwischen uns und der Hauptverkehrsstraße. Sollten wir es wagen?

Sylvia schickte mich zum Kundschaften vor. Ich ging über den Krankenhausvorplatz und erkundete dahinter die Lage. Ja, es schien, da hinten sei ein Parkeingang. Mit diesem Ergebnis kam ich zu ihr zurück, die friedlich im Sonnenschein gewartet hatte. Sie war zögerlich. Ich redete ihr zu. Dann trauten wir uns. Kopfsteinpflaster, Kopfsteinpflaster, Kopfsteinpflaster.

Der Park war gar nicht so übel. Ich schob sie an Wiesen, spielenden Kindern und irgendwie pikierten Rentnern vorbei. Bis zu einer Bank in der Sonne. Rauchen wollte sie nicht mehr, obwohl es ja egal war. Ich drehte mir eine. Das sei nicht gesund, sagte Sylvia. Das Nächste hatte ich mir schon länger überlegt.

Wie viele darf ich denn rauchen am Tag? Fragte ich.

Sylvia überlegte.

Fünf, sagte sie dann.

Ich sagte: *Okay, versprochen.*

Und drückte die Hand am Ende ihres dürren Arms.

Schmelinghalle

Ich habe ihre Stimme noch auf dem Handy. Sylvia hatte in den letzten Monaten ihren ganz eigenen Wach- und Schlafrhythmus, das Morphium hatte sie in eine andere Umlaufbahn befördert, und was sie dort erlebte, war schwer wiederzugeben. Ein paar Mal hat sie mir versucht zu erklären, an was für einem zeitlosen Ort sie sich dort befand und was für Schemen und Gestalten ihr dort begegneten, einiges davon hat sie auch in ihren letzten Aquarellen gemalt. Sie hoffte, ich würde das aufschreiben können, diese seltsame Welt. Aber ihre Sprache von dort war nicht mehr meine.

Immer hatte ich gerade etwas zu tun, wenn sie anrief. Ich hatte ihr versprochen, sie könne mich jederzeit anrufen, tagsüber und nachts, und doch hatte ich Angst vor den Gesprächen. Was sollte ich sagen: Wie geht's? Was machst du heute noch so? Sollte ich fröhlich sein und das Leben, das wir zusammen gekannt hatten, so lange wie möglich nach hinten auszudehnen versuchen? Wäre es schal, ihr von meinen Sorgen und Nöten zu erzählen?

Manchmal rief sie an. Meistens ging ich ran. Wusste kaum, was ich sagen sollte. Sylvia erzählte dann ein bisschen von ihrem Hospizleben, wie das Essen gewesen war oder wer sie besucht hatte. Dann wurde sie müde.

In den letzten Wochen, bevor sie sich abmeldete von allen, haben wir unsere Kommunikation mehr auf Whatsapp verlagert. Paar Smileys gehen ja immer. Manchmal dauerte es Tage, bis ich wieder von ihr oder sie wieder von mir hörte. In meinem Leben taumelte so viel Zeug durcheinander, Orkan Alina, wofür sollte sie sich jetzt auch damit beschäftigen?

Sie hatte ja nur noch eine Aufgabe.

Sprachnachrichten kamen manchmal. Selbst vor denen hatte ich Angst. Dann hörte ich sie doch an. Und zum ersten Mal begriff ich, was sie überhaupt für eine bezaubernde Stimme hatte. Sylvia.

Einmal wollte ich ihr unbedingt sagen, wie sehr ich mich freue, dass wir uns kennen gelernt haben, und wie sie mein Leben bereichert hat, und dass ich sie nie vergessen werde. Ich nahm auf Whatsapp acht verschiedene Versionen davon auf, und nach jeder Version fühlte ich mich blöd: Es sollte ja nicht zu pathetisch sein, es sollte nicht zu traurig sein, es sollte noch kein Abschied sein, es sollte kein dümmlicher Trostversuch sein, die Stimme sollte gut klingen. Sieben Mal war ich unzufrieden und klickte auf Löschen. Die achte ließ ich dann stehen.

Ich hatte Whatsapp nicht kapiert. Was aufgenommen war, war auch verschickt. Ich hätte ihr ja neulich acht Mal dasselbe erzählt, sagte Sylvia mir eines Tages glucksend. Das sei aber sehr süß gewesen.

Einmal hat sie für mich gesungen auf Whatsapp, mitten in der Nacht. Ihre Party sei es, und sie weine, wann sie wolle

Weine, wann sie wolle
Weine, wann sie wolle
Ihre Party sei es und sie
Weine, wann sie wolle

Schmelinghalle

Es ist nicht schön, wenn man weiß, dass der letzte Blick der letzte Blick ist. Als ich meine andere Oma zum letzten Mal sah, wurde sie gerade auf einen Klostuhl gehoben, und mit aller theatraler Verzweiflung, über die sie verfügte, rief sie, nein, so solle es doch nicht zu Ende gehen. *Wir sehen uns doch bald wieder!* Rief ich mit gespielter Fröhlichkeit. Sie aber behielt Recht.

Als ich meinen Opa zum letzten Mal sah, in seinem Krankenhausbett, standen noch allerlei Verwandte um ihn herum. Alle wussten, dass der Krebs ihn auffraß. Aber man durfte nicht darüber reden. Warum, weiß ich bis heute nicht. Beim Rausgehen drehte ich mich an der Tür noch einmal um. Opa zog sich mit der einen Hand ein bisschen an seinem Gitter hoch, im Hemdchen, seine andere knautschige Hand winkte mir zu.

Ich glaube, er hat mich geliebt wie ich ihn.

Als ich Sylvia zum letzten Mal sah, stand ich am Bahnsteig in Emsdetten und wartete auf meine Regionalbahn. Sylvia saß jenseits der Gleise, im Rollstuhl, mit einer Betreuerin. *Oh je*, hatte sie gesagt, *das wird jetzt schwer.* Sie verabschiedete nach und nach Dinge und Personen aus ihrem Leben. Krause hatte sie schon weggegeben. Nun war ich dran.

Wir hatten uns umarmt. Hatten ein paar Fotos gemacht. Wir hätten ein hübsches Paar abgegeben. Die Biobauern Sylvia und Klaus Greve aus Mesum freuen sich über ihre neuen Honigkreationen.

Von links rauschte der Zug heran. Noch sah ich Sylvias Gesicht, das mir aus dreißig Metern zugewandt war. Dann schob der Triebwagen sich davor. Ich stieg ein, suchte nach einem Fenster, aber drinnen sah sie mich nicht mehr. Der Zug fuhr los. Meine Kiefer mahlten, von Emsdetten bis Berlin.

Aber Berlin, das sagt sich so leicht. Die Stadt war ja nicht mehr dieselbe.

Schmelinghalle

[Die Halle, die Leere, die Krähen. Im Restlicht.]

6 Das Gehen

Schmelinghalle

Und so gehen wir so langsam. Im Dunkel ist es weniger schwer, sich zu sehen. Alle sind sie da, hier oben auf der Schmelinghalle. Sylvia ist hier, ihr Gesicht ist gar nicht mehr so aufgedunsen, mein Opa ist hier, meine andere Oma. Da ist Mark Linkous, er schmaucht eine, da ist Fallada, herausgeputzt und nüchtern, Natalie Wood zubbelt gebückt an ihrem Schuh rum, weil sie eben noch barfuß im Gras gestanden hat. Da ist ein Greis mit einer Krücke, Unverständliches redend, ein alter Schwede vielleicht. Da ist eine junge behaarte Frau, breitschädlig, viel kleiner als die meisten und ein bisschen gebeugt. Von einem Kran, der vom Nordmauerpark zwischen den Bäumen durchlugt, bekommen wir etwas Licht, Sterne sind auch da, im Schwarzen. Die Stimmung ist friedlich, gelassen. Wir sammeln uns, fassen uns an den Händen, Eine den Anderen, die Andere den Einen. Dann fängt die Musik an, eine leichte Gitarre, eine fröhliche Flöte. Und wir setzen uns in Marsch. Ganz vorne gehen ein paar, die ich nicht kenne. Ich habe Sylvia vor mir an der Linken, sie hat mir noch über die Schulter kurz zugezwinkert, an meiner Rechten hinter mir spüre ich die knubbelige Hand meines Opas. Und sutsche, bedächtig, aber gar nicht zeremoniell gehen wir abwärts, es ist, als ob die Musik uns leichter machen würde, als kämen wir nur noch hauchfein in Berührung mit der Welt um uns herum, und wir summen mehr als dass wir singen, und irgendwie in einer einzigen Stimme: ob das Grab zu tief sei für uns alle, und ob wir nicht lieber noch einen Schluck nehmen sollten, und dann noch einen, und dann noch einen, und bei jedem Schluck nehmen wir eine der seltsam flachen und weiten Stufen, die uns hier nur zentimeterweise dem Erdboden da unten näherbringen, über uns scheint der Kran, unter uns dreht die Schmelinghalle sich langsam, langsam unter unseren Füßen weg, dreht die Erde, auf der wir stehen, sich langsam unter unseren Füßen weg, und der schwarze Himmel zieht kühl durch unsere Gesichter, durch unseren Geist, und wir haben keine Vorstellung mehr von unserer Größe, und wir wissen nicht mehr, ob wir gehen oder schweben, es ist wie ein Kichern in uns, ein Kichern, das nicht albern, sondern glücklich ist, und wenn mir meine Sinne keinen Streich spielen, fliegt jetzt der hiesige Eichelhäher, der aus dem Birkenwäldchen, ganz nah an uns vorbei, einen frühen Zweig im Schnabel, und niemand kann die Zahl der Strophen sagen, niemand kann sagen, ob wir am Anfang oder am Ende sind, aber voran geht das Lied, immer voran, es dreht sich, und so gehen wir so langsam, und nie kommen wir an.

Falkplatz

Ich stehe auf dem schwarzen Falkplatz und sehe von mir selber ab. Unter mir ist die Welt eine schwarze Scheibe, an deren Rändern die Bäume ihre dunklen langen Finger vor die weißgrauen Wolken recken, wie tot noch, und doch rauscht in ihnen schon wieder der Frühling heran, wie er es schon immer getan hat. Wie Ewige stehen sie hier und lassen die Zeit vorüberziehen, sie waren vor mir da und werden nach mir noch hier stehen und sind doch selber nur die kurzfristige Manifestation einer einzigen Idee, des Lebens, das vor Urzeiten aus einer Laune der Natur heraus begann und dann durch nichts mehr aufzuhalten war. Ein erstes Molekül irgendwo auf der Erde, oder irgendwo im Ozean drunten an einer heißen Quelle, duplizierte sich selbst. Seine Kopie duplizierte sich dann auch, und die Kopien der Kopien duplizierten sich, und die Kopien der Kopien der Kopien duplizierten sich, sie vereinigten sich, machten Fehler beim Duplizieren, wurden zu neuartigen Molekülen, fingen an, Zellen um sich herum zu bauen, Zellen, die sich zu neuen Strukturen vereinigten, immer neuen, immer größeren Strukturen, die keinen anderen Zweck kannten als die Moleküle in ihrem Inneren neuer Duplikation zuzuführen, die Energie zu nutzen begannen und die sich zu bewegen und einander zu verfolgen begannen, die dicke Rinden auszubilden begannen und in die Höhe zu schießen begannen, die umeinander zu balzen und einander zu morden begannen, und die sich ausbreiteten über alle Erdteile, in alle Lüfte, in alle Spalten der Welt, und heute stehen wir jetzt hier. Neben mir hat eine junge Magnolie ihre dicken Knospen an die Luft geschoben, morgen wird sie wieder Licht einsammeln, wird wieder Wasser zu Leben umbauen, morgen werden die Vögel wieder fliegen und piepen, und alles, was hier in der Nacht kreucht und fleucht, kann ich nicht sehen, weil mein Organismus auf die Nacht nicht ausgerichtet ist.

Alles, was ich tun kann, ist, die hellgraue löchrige Wolken-
decke mit dem Wind nach Osten vorüberziehen zu sehen,
über mir; alles was ich tun kann, ist, *Under The Milky Way* zu
summen, under the milky way tonight, und ich denke an
Steven Kilbey, in dem dieses Lied gewachsen ist und der sein
Lied liebt vielleicht, das eines Nachts unter dem australischen
weiten Himmel über ihn kam, als er mit seiner Freundin auf
der Veranda saß, dieses Lied, das jetzt in jedem Australier und
jeder Australierin wohnt und sie begleitet, wo sie gehen und
stehen, und ich sehe Steven Kilbeys feines resigniertes Lächeln
aus dem Youtube-Video, als er davon erzählt; als er erzählt,
wie stolz er auf seine Basslinie ist, die Jazz sei eigentlich, Jazz!,
und niemand würde das je hören oder erkennen, und alle
summen sie nur diesen Refrain, diesen Moment mit dem
Rotwein und Manon, der niemals mehr aufhören wird, der
sich über einen ganzen Kontinent gelegt hat als ein mildes,
warmes Wiegenlied, eine Heimat unter einem schwarzen
Himmel. Ich denke an Sylvia, die in meinem Schreiben
weiterleben wollte. Ich denke, dass wir hier auf diesem Fleck
standen einmal in einem Sommer und nicht wussten, dass
diese beiden Zigaretten unsere letzten gemeinsamen waren.
Mein Kopf fällt in den Nacken. Löchrig und fetzig, doch ohne
Regenwillen galoppiert das Grau über mir weg, greifbar fast,
ein Zwischenhimmel. Dies ist die Welt, denke ich, Moleküle,
die umeinander taumeln, Atome, die ineinander verhakt umeinander taumeln, seit Ewigkeiten, für immer; die nicht
wissen, dass es ein Morgen und ein Gestern gibt, nicht wissen,
dass sie Teil eines atemraubenden Schauspiels sind, die keine
Vorstellung haben von meinem Blick, der blank durch die

Entfernungen schweift, und ich ertappe mich bei dem Gedanken, dass das ganze Universum ja komplett sinnlos wäre, stünde ich nicht hier.

Falkplatz

Einmal hat Gott Würfel gespielt auf dem Falkplatz. Seine Würfel waren andere als unsere, sie waren quaderförmig, mit ungleichen Seitenkanten, aus einem uns unbekannten Material. Wenn sie auf dem Boden aufschlugen, behielten sie ihren Quadergrundriss, nur auf der Oberseite schlugen sie Wellen vom Aufprall, Wellen, die im selben Moment schon erstarrten, Wellen, aus denen er möglicherweise die Konstanten des nächsten zu erschaffenden Universums ablas; Wellen, die regelmäßig sein konnten oder wild; Wellen, die sich von oben her tief eingraben konnten in die Quader und dann stehenblieben auf ewig.

Drei Quader waren es, die Gott warf, heute früh oder vor Ewigkeiten, es spielt ja keine Rolle für Gott, und was die Wellen genau mitzuteilen hatten, oder ob sie mit unserem Verständnis für Sinn überhaupt zu erschließen waren, wird sich niemals sagen lassen. Aber sie lagen dann dort. Ein dichtes schwarzes Material war, woraus sie bestanden, ein Material, das sich nicht verformen, erhitzen oder auch nur vom Fleck bewegen ließ. Wo die Würfel lagen, war die Physik aufgehoben, waren Raum und Zeit außer Kraft gesetzt. Sie lagen im Gestern, sie lagen im Heute, sie lagen im Morgen. Niemand hatte je die Abstände zwischen ihnen vermessen, niemand je das Dreieck befragt, das sie aufspannen. Genau zwischen ihnen stehe jetzt ich. Das Schwarz ihrer Querseiten zeichnet sich noch ein wenig dunkler ab in der Nacht, an den schmalen Seiten und oben hat das Grünflachenamt sie mit hellem Holz verkleidet. So liegen sie da, auf einer Wiese, die ansonsten nur ein paar Müllcontainer zu bieten hat, so stehen sie genau dort, wo Gott oder das Grünflächenamt hätten Sitzgelegenheiten einrichten können, Gottes Würfel aber dulden kein Menschenverweilen. Obenrum sind sie wüst gewellt, in sich kollabierte Flächen, obenrum kannst du mit Glück deinen Rucksack ablegen oder eine Bierflasche abstellen, die dort dann, gefährlich schräg, auf ihr Umkippen wartet. Drauf zu liegen ist unmöglich. Sich dort aufzuhalten ist unmöglich. Man kann eine kurze Zeit schief herumruckeln auf ihnen, bis es schmerzt, man kann sich halb anlehnen an sie, eine Zigarettenlänge lang, kann um sie herumeiern und mit Glück sein Fahrrad anlehnen, bis es einen schnell wieder wegzieht von hier. Sie sind nicht für uns gedacht, für unsere quarkigen Pos, unser feuchtes Geatme, das puckernde, rutschende Fleisch. Gott hat sie geworfen. Wir können nachdenken über sie, bis die Sonne aufgeht. Dann spätestens packen wir unsere Siebensachen und ziehen mit ihr fort.

Falkplatz

In jedem August weint der Himmel: Wenn die Erde auf ihrem Weg um die Sonne die Bahn des Kometen Swift-Tuttle quert, fällt eine große Menge Trümmer des Kometen in die Erdatmosphäre.

So hatte es damals, in jenem Sommer, in der Zeitung beim Bäcker gestanden, und ich hatte, romantisiert, natürlich noch einen letzten Anlauf gewagt. Perseiden are coming to town!

Sternschnuppenleuchten galore, speziell dann, erfuhr man, wenn die Erde unseren Kontinent in Flugrichtung nach vorne gedreht und mit dem Prenzlberg vorneweg durchs Nichts fliegen würde, dann kämen die Leuchtspuren direkt auf uns zugeschossen, die Gischt des Universums.

alina, was machst du heute abend? habe dir ein feuerwerk vorbereitet.

So hatte ich sie für die Nacht auf den Falkplatz zu locken versucht, damals, Monate später, als alles schon lange ausgesprochen und das Ausgesprochene schon nicht mehr wahr war. Aber ich wollte, einmal wenigstens noch, mich aktiv, mich in der Offensive fühlen, einmal wenigstens noch den Anlauf wagen, dem Lockruf der Hormone und dem Auftrag der Gene in mir nachzugehen.

Alina antwortete sogar, und das sollte mir genügen. Ihre Antwort war verrätselt und unklar, und das war das Beste, was ich mir noch hatte erhoffen können. Ich trug ihre SMS in meiner Hosentasche herum, als ich die Gleimstraße hinunter schlenderte, als ich im dämmernden Abend abbog, schräg auf den Rasen des Falkplatz hinüber. Einige Leute waren da, auf Decken, neben hingestreckten Rädern, mit Bierflaschen, mit Musik, mit Frisbeescheiben, Diabolos und hoch zu werfenden Ringen, Bücher über Ufos lesend. Mich scherte das wenig. Ich hatte eine kleine sakrale Welle in meinem Inneren erwischt, auf der ritt ich ein, platzierte mich so ziemlich in die Mitte zwischen den drei Würfeln Gottes, die als Boombox-Basis und für Hundeakrobatik benutzt wurden. Hier fand ich ein Plätzchen, das auf mich gewartet hatte. Hier legte ich mich ins Gras, Kopfhörer auf, under the milky way, und sah den Himmel langsam fahler werden, sah ihn zart durchgepiekst werden vom einen oder anderen Stern. Ab und zu nahm ich das Fon in meiner Tasche in die Hand, und niemals brummte es, und wenn es doch brummen würde, wäre keine weitere Antwort von Alina zu erhoffen. Das wusste ich. Ich schaute gar nicht erst drauf. Ich hatte mein Handy in der Hand, es hatte seine Botschaft hinausgesendet, ich war vorhanden in der Welt. Mehr zu wollen, hieße, den Zauber zerstören.

Und die Nacht kam. Und es wurde kühler. Die Menschen verflüchtigten sich, diffundierten, ließen ihre Dönertüten liegen, jetzt übernahmen die Krähen, die schon von Weitem erkannt hatten, dass es bei mir gar nichts zu holen gab. Geschäftig hupften sie über die Rasenfläche, zupften hier und pickten dort und verscheuchten alles, was nicht Krähe war inklusive eines verirrten Chihuahuas. Meine Musik spielte weiter und weiter, und weil es wieder einer der ruhelosen Tage gewesen war, ein Tag des Alkohols, schlief ich tatsächlich eine Runde ein.

Die Kühle weckte mich dann, und mit dem ersten Augenaufschlag das stille Summen des Erhabenen: Ungerührt wie es nur große Schönheit tun kann, stand der Sternenhimmel über mir, drehte sich unmerklich, während der Falkplatz mit 100.000 Stundenkilometern vorwärts jagte. Ich war in derselben Stellung, auf meinem Rücken, liegen geblieben. Ich schaute in die Sterne. Ich wusste, die Perseiden würden nun bald zu zählen sein, zisch, zisch, sobald du hingeschaut hast, ist die Schnuppe wieder weg. Ich musterte den Orion, sah hoch zum Großen Wagen. Dann spürte ich ihre Präsenz.

Alina, sie lag mit ihrem Kopf an meinem, sie schaute ebenfalls zu den Sternen. Auch eine dritte Person lag da, und ich weiß bis heute nicht, wer das gewesen sein könnte, die Person fühlte sich so vertraut an und als ob es sie dennoch gar nicht gäbe.

Darin schwomm ich eine Weile. Meinte, Alinas Atmen neben meinem zu spüren, und auch das viel leichtere Atmen der anderen Person. Als ich die Augen aufschlug, flog eine Perseidenträne direkt auf mich zu. Ich fühlte mich groß. Ich fühlte mich weit. Ich wünschte Alina alles Gute im Leben.

Falkplatz

Und Alina hat auch einmal auf dem Falkplatz gelegen, das ist schon sehr lange her. Sie lag mit dem Rücken im Gras und sah auf die Sterne, die damals noch ein bisschen anders standen als heute. Unbekannte Sternbilder waren da, die wir hier eigentlich nie zu sehen bekommen, und Alina grub sich mit den Fingerspitzen in die Erde, das war in ihrer Rosa-Haare-Phase, über ihr stand das Kreuz des Südens, und auch damals schon hörte sie das leise Flattern der Fledermäuse, hörte sie das Winden der Würmer im Boden, hörte sie, wie das Wasser in den Blättern strömte. Und Alina verging. Ihr Gesicht fiel langsam ein, die Fingernägel färbten sich gelb, die Sternbilder schoben sich über den Himmel, Alinas Fleisch zerfloss und ging ein in den Boden. Und am nächsten Morgen war sie wieder da, dieses Mal mit blauen Haaren, mit ganz anderen Tattoos und einem anderen Namen. Aber wer ihr hätte in die Augen sehen können, wer die Wolken gesehen hätte, die sich in ihrer Iris spiegelten, wer den Berliner Wind gespürt hätte, der hätte sie doch sofort wieder erkannt. Alina lag da, sie atmete, manchmal huschten ihre Wimpern. Wenn sie schlief, landete ein Eichelhäher bei ihr. Und als Alina wieder alt geworden war, als ihre Haare brachen und ihre Füße faltig wurden, da zog ein Gewitter auf und es spülte Alina einfach fort, in den Boden. Und es dauerte ein paar Wochen dieses Mal, aber eines Morgens war Alina wieder da, blond jetzt, naturblond, aber immer diese Wangenknochen, immer diese Sommersprossen, immer dieses schlafende Lächeln, das niemand je gesehen hatte und das erst in einer fernen Zukunft auf ihrem Gesicht aufblitzen sollte. Alina setzte sich auf, sie streckte die dünnen Arme, auf dem linken prangte ein Sonnensymbol. Dann blinzelte sie erst mal ins Licht.

93

Schwedter

Am Ausgang des Falkplatz liegt ein kleines verwittertes Amphitheater, Ziegelsteinbröckel voller Löwenzahn, der übliche Verpackungsmüll fliegt umher. In der Mitte des Runds ist eine Feuerstelle, direkt davor träumt ein regennasser Designerstuhl von besseren Zeiten. Am künstlichen leeren Teich gleich daneben ragen drei Masten auf, halten ihre schartigen Sonnenkollektoren in den südlichen Nachthimmel. Über den Zebrastreifen kommt man ungesehen, es ist nichts los auf der kühlen Gleimstraße, niemand will durch den Tunnel in den Wedding hinüber, nur ein kleiner Wind regt sich jetzt. Nach Norden zu führt eine Mauer entlang der ansteigenden Schwedter Straße, hier haben RAGNARÖK und MONONOKE und KOLBEN eine Verewigung vorgenommen, und viele andere junge Seelen, die ihre Nichtigkeit noch lange nich verstehen können. Zwei Durchbrüche auf dem Weg führen in den Nordteil des Mauerparks hinein, bald dann taucht der Stadtbauernhof auf, der Kinderbauernhof, in dem die Tiere schlafen, weil jetzt nicht ihre Arbeitszeit ist. Hinterm Bauernhof ragen die drei Kräne in die Nacht, synchron mit ihren langen Auslegern in den Osten gedreht, von ganz oben leuchtet je ein roter Punkt. Eine Einzäunung. Einige schwarze Müllcontainer. Ein Haufen Schrott. Mittendrin zwischen alten Reifen und geklauten Einkaufswagen wartet eine voll funktionsfähige Picknickeinheit aus grünem Plastik: ein Tisch, fünf Stühle drumherum. Am Zaun entlang trauert eine Reihe von dreißig dünnen Baumstammrümpfen, denen alle Äste abgesägt worden sind, die Schnittflächen leuchten noch hell. *Ich liebe mein Leben*, sagt ein Aufkleber, und es kommen noch mehr: *Ich liebe mein Leben. Ich liebe mein Leben. Ich liebe mein Leben.* Am Durchgang zum Schwedter Steg präzisiert ein vergilbtes Buddhistenplakat:

> *Glücklich kann nur sein, wer liebt. Wer nicht liebt, dessen Leben fliegt an ihm vorbei.*

Den Schwedter Steg hoch nimmt der Wind noch einmal zu. Eine Mütze dabei zu haben auf meinem Weg, wäre nicht verkehrt gewesen. Unter den Aufwärtsstreben der Brückenkonstruktion bleibe ich stehen und mustere den Westen: Noch dunkler als die Nacht zeichnet der Humboldthainhügel mit dem Kriegsbunker seine Silhouette vor den Horizont, die Sinuskurven der Millionenbrücke liegen etwas darunter, und ein Stückchen nach rechts dräut der Wohnkoloss, wo in einer anderen Zeit die Plumpe, Herthas altes Stadion, stand. Aus einem der S-Bahn-Tunnel grollt es vage, bald hört man das Quietschen von Stahl, dann zieht die S-Bahn aus Pankow, eine leuchtende Raupe, unter dem Hügel der Plumpe vorbei. Selbst noch im Dunkeln, meint man, glitzern die Gleise wie ein Waldsee.

Tief unter mir liegt diese kleine Grünfläche. Niemand weiß, wie man dort hingelangt, sie liegt zwischen den S-Bahngleisen. Auch sie war Todesstreifen, es liegen ein paar Granitbrocken, hübsch angeordnet, dort herum, unter mir geht ein Rauschen durch die Birken.

Hier sterben ging an.

Ein paar Vögel unterhalten sich, so spät am Abend, über was auch immer.

Behmbrücke

Alina, wie die Nacht mich verschluckt. Wie ein Radler vorbei gondelt, von der Schönfließer her kommend, zum Geist der Plumpe hin, schnurrend, mit einem altertümlichen Dynamo; wie sein Licht immer kommt und wieder geht, weil das Hinterrad schon ein bisschen beulig ist. Wie die Nacht sich in mich eingesenkt hat, und wie ich in sie sinke als ein Sumpf, der mich blubbernd umarmt und betört. Wie ich gar nicht weiß, wo sie ist, aber ihre Stimme höre:

Schreib doch einen Liebesroman.

Hier war das nicht, denke ich, es war an einem anderen Ort, aber was sind Orte schon anderes als Spiegelbilder der Seele? Wie viele Details in diesem Moment stimmen vielleicht mit dem Moment von damals überein, die Stimmung, die Stille, ein Geräusch der Stadt, vielleicht ein Luftzug auf der Wange?

Hier war das nicht. Hier wird es nie gewesen sein. Der

Moment mit Alina, immer und immer wieder läuft er in mir ab, ich bin ein Gefäß dieses Moments, eine Echokammer, die Erinnerung an Alina ist gefangen wie ein Lichtstrahl in einer gekrümmten Raumzeit, und er wird nicht vergehen, ehe ich vergehe, und manche sagen, er wird dann wieder frei werden, wird über die Welt fliegen, wird sich vervielfältigen vielleicht, wird möglicherweise sich einen neuen Ort suchen in einer neuen Seele, in der dann ein Teil von mir weiterschwingt und Alina mit mir.

Ich schließe die Augen und gehe, sehr langsam, über die Straße.

Es war dunkel, als Alina das sagte, ihre Sommersprossen zeichneten sich nur vage grau ab über den Wangenknochen, er konnte den Ausdruck ihrer Augen kaum erkennen, als er einen verirrten Regentropfen auf ihrem Kinn verwischte, als

Alinas Gesicht verschwamm, als

es eins wurde mit den glänzenden dunklen Pfützen hinter ihr, in denen das gelbe Licht der Berliner Laternen sich wellte, in denen ein Zipfel von einer Tramhäuschenwerbung sich spiegelte, und als

er ihre Stimme

in seinem Geist hörte, als

ihre Lippen sich zu langsam bewegten, als

sie es sagte

das sagte

das mit dem Liebesroman.

Am Klang meiner Schritte höre ich irgendwie, dass ich die Straße jetzt fast überquert haben muss, ich mogele ein wenig und kneife das linke Auge auf, in dem sich ein Ausriss des schwarzen Himmels fängt und von dem Brückengeländer und Lichter von S-Bahn und Häusern. Dann steige ich auf den Kantstein.

Norweger

Keuchend taucht ein Jogger aus der Nacht auf und verschwindet in der Nacht. Ein Raucher steht im Laternenlichtschatten am Gebüsch, am unbeendeten Spielplatz, zieht an seiner Kippe, da wo der Abstieg beginnt.

Wenig ist unheimlicher als solche Treppen, aus dem Reich der Lebenden hinab, von großen Brücken hinab in eine vergessene, sinnentleerte Welt, steinerne, beschmierte, angemüllte, angekotzte, vollgepisste Treppen, Treppen, die so breit sind als stiegest du zu einem sonnigen Landsitz empor, während du doch versinkst mit jedem Schritt weiter, versinkst unterhalb der Nacht der Stadtlaternen.

Er schaut hoch, in das, was seine Welt gewesen war. Das felserne Fundament der Behmbrücke ragt wie eine lange verlassene Festung neben ihm auf. Weiter im Norden stehen Lichter über der Bornholmer. FINDUS BONEZ hat einer dann unten auf die nächste Mauer gesprayt, riesig, eine ranzige, schäbige Mauer, *die* Mauer vielleicht noch?

Dass sie hier stand, spürst du bei jedem Schritt. Von rechts laufen tote Straßen auf diese, deine zu. Links bist du lieblos weggemauert von dem stählernen Delta der S-Bahn-Verzweigung. Genau hier verlassen die Züge den nimmermüden täglichen Umlauf des Rings, hier scheren sie, von einer Sekunde zur anderen, sanft aus, in den Norden.

THULE, hat ein anderer gesprüht. Im funzligen gelben

Lampenlicht hängt ein wenig Gestrüpp von der unbekannten Seite her über die Mauer, wie eine Gischt bei schwerer See über den Kai drängt; wie eine eingefrorene Tsunamiwelle, die justament über die Flussbefestigung kommt, von Tod und Vernichtung kündend, ein letzter Anblick der Welt.

Isländische Straße / Norwegerstraße: Ein schief gekipptes Straßenschild hält sich mit letzter Kraft, ausgegraut, verblichen, beklebt, auf der Wetterseite grün übermoost. Etwas rattert, links, da wo die Gleise sind. Eine rote Diesellok, wie früher aus deinem Kinderquartett, zieht eine andere rote Diesellok hinter sich her, nordwärts.

Es scheinen Menschen hier zu wohnen, oder was wohnt hier? Alle Rolläden sind unten, außer einem, zwanzig Zentimeter hochgeschoben, dahinter ein dunkles Zimmer und keine Stimmen. Eine Frau kommt dir entgegen, kein Gesicht, so dunkel, so fahrig, die dir im Vorübergehen vorsichtshalber kurz zunickt. Ein kleines Pizzaauto steht auf den Gehwegschäden der anderen Straßenseite, stumm blinkend, und niemand steigt aus.

Der Weg, je weiter du vorwärts schleichst, verliert nach und nach alles Straßenhafte, Befestigte, er holpert, bröckelt, wird unumkehrbar (Keine Wendemöglichkeit für LKW), versandet. Wo die dunkle Bornholmer Brücke über dir in die Nacht wächst, radelt ein Fahrrad auf dich zu, eine Gestalt drauf, ein spitzes Licht, vorneweg galoppiert ein riesiger schwarzer Hund. Du lässt die Erscheinung vorüber schweben. Vor dir ist aus dem versandeten Weg eine Plantage geworden, Obstbäume stehen jetzt aufgereiht, die du nicht zuordnen und von denen du dir nicht vorstellen kannst, wer sie pflegt.

Kirschblütenweg

Es liegt ein Donner in der Luft, schwer rattert beleuchtete Leere über S-Bahn-Gleise, in S-Bahn-Wagen, in denen niemand mehr sitzt. Der Boden vor mir ist ein schwarzes Flechtwerk auf Nachtlampengelb, die kahlen Schatten von Ästen und Zweigen haben sich über alles gelegt, über das Karomuster der Gehwegplatten, über den Sand am Rand, über einen dunklen einsamen Kleinbus, dessen Dach und Fenster eine schief gespannte Plane mühselig bedeckt. Ein Schild, da wo die Befahrbarkeit des Weges beendet wird, mahnt Wanderer: *Ablagern von Laub, Garten- und anderen Abfällen ist VERBOTEN. Zuwiderhandlungen werden STRENG geahndet.*

Dies ist die Stadt, noch, dies ist das Reich der Lebenden, Strebenden. Tot zu sein, oder überflüssig zu sein, oder Träger einer tief empfundenen Sinnlosigkeit zu sein, ansteckend vielleicht, ist hier nicht tolerabel. Es wird dunkler um mich herum, über mich schiebt sich eine Brücke als metallener tiefer Himmel, mir läuft ein Mensch entgegen, erst als weißer Lichtpunkt aus der Nacht des Kirschblütenwegs, dann sich entpuppend als eine rot gewandete Trikotgestalt, im Trab, ein Superheld des Weiterlebens, fraglos, gedankenlos, schnaufend, tretend, mit einer Grubenlampe auf dem Kopf. Die Nacht zieht mich zu sich.

Es ist ein Weg ohne Beleuchtung. Die Schrebergärten zur Rechten spenden eine Ahnung von Licht. Aus einer der Lauben sind Menschenstimmen zu hören, vorsichtig murmelnd, nicht lachend, allen Überschwang meidend.

Zur Rechten und zur Linken des Wegs, da wo der kleine kaputte Fußweg unter japanischen Kirschenästen beginnt, stehen zwei halbe Findlinge, etwas war sicher einmal aufgeprägt auf ihnen, Plakate und Farbe wuchsen darüber, auch ist es zu dunkel zum Lesen. Man muss auf seine Füße achten, jeden Schritt könntest du umknicken oder den Erdenschlamm kennenlernen der Nacht. Ein abgebrochenes Stück Beton, woher auch immer, liegt zur Rechten im Gras, es formt in der Nacht vage eine Hand mit einem Zeigefinger, der gegen deine Laufrichtung zeigt.

Du willst nichts wissen.

Willst weiter vorwärts treiben, unter den grau und grau sich wiederholenden Bäumchen, unter dem leeren Flugzeug, das leuchtend Tegel entflieht, du hörst, unwirklich in der kühlen Nacht, leise Soulmusik, kurz bevor zur Linken die kleine Hundewüste beginnt.

Da stehen sie, drei oder vier, Jugendliche sicher, du kannst sie nicht mal zählen, ihre Stimmen flüstern und mal wird gelacht, und du denkst kurz, ob du das wohlige süße Stück, das sie hören, shazammen könntest und verzichtest doch darauf. Dann werden die Bäumchen immer kleiner, der Weg wieder heller. Du mündest ein und lässt dich linksrum treiben, auf diesen Weg weddingwärts, der unter drei bemalte, vollgeschmierte Brücken führt, S-Bahn-Trasse zwischen Ost und West, ein Rattern, ein Donnern ist da:

Ohne enden zu wollen, rollt, rollt und rollt ein Güterzug nach Norden, voller Tanks, voller Reste von Lebewesen, die ihre Zeit hatten vor hunderten von Millionen von Jahren, und die einfach so starben und versanken, unbetrauert, an einem Tag wie heute, und die zu verbrennen noch niemand auf dem Erdenrund war.

Namenloser Weg

Sylvias Wiese ist nicht mehr weit, und der Weg hat keinen Namen. Er führt auf den Wedding zu, in eine andere Welt. Er führt auf die S-Bahn-Gleise zu. Auf dem sandigen Marsboden schlägt eine dünne aufgerissene Tüte mit den Flügeln, will rollen, bleibt liegen, flattert matt. Ein gelblich leuchtendes, kahles Gebüsch droht, dass etwas aus seinen Schatten heraustreten möge, und es tritt nichts, und beinahe sehnt man sich danach.

Ich gehe die ersten Stufe der Betontreppe hoch Richtung S-Bahn-Damm. Frisch polierter Stahl hält mich, oben wartet eine Gittertür, die es zu Sylvias Zeiten nicht gab. Die scharfkantigen Betonstufen sind an den Rändern mit Sand bedeckt, auf den Stufen haben Kindern ihre Namen in großen Kreidebuchstaben hinterlassen, die der Sand schon halb wieder zugeweht hat.

ELLA

GABRIEL

PAPA

SYLV

Oben angekommen, starre ich durch das dünne Stahlgitter in die Nacht, dort drüben irgendwo, ein Stückchen rechts, hinter den drei Gleissträngen, hinter dem nächsten und dem übernächsten Zaun, den wir niedertraten, muss Sylvias Wiese liegen. Durch die Oberleitung geht ein plötzliches scharfes Schwirren, Lebensgefahr.

Die möchte ich erleben.

Nur ein Teil von mir geht die Treppe wieder abwärts. Er löst sich, geht den breiten, beleuchteten Asphaltstreifen, der unter den drei S-Bahn-Brücken verläuft, der Fußweg in den Wedding.

PAYN DETH NÖ HEED

Steht, in großen, brückenfüllenden Großbuchstaben, auf der ersten Brücke.

Auf die zweite ist ein kindlicher, riesiger Halbregenbogen gemalt, der an der Kante des Brückenbetons endet.

Schatten von mir an verschiedenen Wänden.

Unter der dritten Brücke wohnt ein Mann. Sein Gesicht ist unerkennbar, verwischt, weitgehend unter einem Hoodie verborgen. Er beachtet mich nicht. Leicht gebeugt geht er hin und her, Russisch sprechend, im Reich seiner Siebensachen, Graffitti auf Beton. Zunächst kommt ein kleiner Vorratsstapel, Orangen obenauf, dann ein oder zwei Schlafgelegenheiten, hintereinander, abgedeckt, sehr ordentlich. Hochkant zusammengerollt steht eine Matratze. Wo die Brücke endet, stehen zwei ranzige Regale, die Schutz vor dem Windzug bieten. Dann, im Wedding schon, über dem nächsten flankierenden Zaun, hängen Socken zum Trocknen, paarweise, eine Unterhose auch.

An diesem Zaun endet der Weg. Unbefugte. Zuwiderhandlungen. STRENG. Der Russe spricht laut mit sich selbst. Vom Wedding her kommt eine dunkle Frauengestalt mit einem kleinen Kind, das stolz den Weg vor ihnen mit einer kleinen Taschenlampe beleuchtet.

Ich bleibe hier stehen. Ich lasse sie in meinem Rücken vorüberziehen, die Frau und das Kind, und nach einer Weile höre ich auch den Russen leiser und leiser werden, bis er ganz verschwindet und die Nacht und ich wieder eins sind. Auf dem

Zaun ist schwarzer Stacheldraht montiert, ein paar Schritte entfernt ragt ein Funktionsbau, neben dem Funktionsbau führt ein kleiner asphaltierter Weg in den Norden.

Das wäre der andere Weg zu Sylvias Wiese gewesen.

Sylvias Wiese

Sylvia ist immer quer über die Gleise gelaufen. Kein Zaun hielt sie je auf, kein erschrecktes Tuten, das Singen des Metalls nicht. Sylvia kennt keine Angst, kennt keine Bedenken. Leicht schräg geneigt, rast die S-Bahn in den Norden durch sie hindurch, drei, vier, acht Waggons, hell erleuchtet von einem ortlosen Licht, schweigend. Es sind gar keine Menschen an Bord.

AAAAAAAAAAAAAAAAAAAAAAAAAAAAA

Dann sinkt das Quietschen, saust das Rattern, schnell versickernd, davon. Sylvia geht den Bahndamm hinunter, bedächtig, verwitterter Beton, verstepptes Gras, ihrem kleinen Hund hinterher, der längst abgezischt ist Richtung Wiese.

So war das immer. Immer zischte er voraus. Krause machte sich nie Sorgen um sie. Sie machte sich nie Sorgen um ihn. An Stümpfen von Büschen geht Sylvia vorbei, an überwucherten alten Eisenbahnschwellen, die irgendwann ausrangiert, abgelegt und vergessen wurden, an großen Reisighaufen, blauen Tüten, zerbröckelten Ziegeln.

Für Krause ist es das Paradies. Wäff, wäff, sie hört ihn seine Runden drehen, glücklich, begeistert, vielleicht hat er eine duftende Hündin zum Jagen gefunden, vielleicht eine unachtsame Ratte oder einen jungen Fuchs. Vielleicht rast er auch nur sich selbst hinterher, immer im Kreis über das Nasse Dreieck, Sylvias Wiese.

Die wenigen Menschen nehmen von Sylvia kaum Notiz. Der Begegnung wegen sind sie nicht hierher gekommen, es ist die Zeit, da man Begegnungen meidet, da die Menschen einander halbfremd gegenüberstehen, sich nur mit den Ellbogen andotzen oder Low Five mit den Füßen machen, niemand umarmt niemand.

Sylvia trägt ihre Teddystoffjacke, so wie damals, als ich sie auf der Hundewiese zum ersten Mal traf, ihre Locken rollen dunkelblond über die Schultern, die lachenden Augen haben die Farbe des taghellen Himmels. Ein Mann kommt sehr langsam von den Gleisen geschlendert, hierher, zur Mitte der Wiese, seine beiden Kinder im Gefolge, ein Mädchen, ein Junge. Um seinen Hals hängt ein schwarzgrüner Wurfring, der nicht mehr gebraucht wird für den Moment, wie ein Ring des Saturn.

Sie sprechen nicht. Ihre Schritte sind unterschiedlich lang. Sie gehen durch Sylvia hindurch.

Nur das Mädchen wundert sich ein wenig. Acht ist sie, und sie wird hier zwölf und vierzehn und achtzehn werden, jeden Sommer, der da wird, und jeden Winter wird sie hier zwischen den Bäumen wandern, mit den Eltern, mit ihrem Bruder, mit den Mädels und dann neuen Mädels und mit ihrem ersten Freund. Sie werden hier auf der Wiese liegen, die beiden, da wo sie nicht so runtergerockt ist, da im Gras, sie werden lachen, kiffen und Musik hören, sie werden gemeinsam auf dem Rücken liegen und in den hellblauen Berliner Himmel schauen, über den ein paar weiße Wolken ostwärts dümpeln, und sie wird ihn fragen, ob er ihre Gedanken erraten kann, aber das kann er nicht.

Klaus Ungerer (*1969) kommt aus Lübeck und lebt in Berlin. Er war Zivi in der Altenpflege, Skandinavistik-Student, FAZ-Feuilletonredakteur, Twitter-Lyriker. Viel Lob bekam er für seine Bücher, darunter zwei Bände mit Gerichtsreportagen und Prosaprojekte wie *Alles über die Welt*, *Casa Zia Lina* oder zuletzt die Novelle *Ich verlasse dich nicht mehr*.

Mein Buch über die Einsamkeit konnte nur entstehen, weil ich nicht allein bin. Von Herzen danke ich allen, die mit mir ab und zu auf irgendwelchen Berliner Parkbänken sitzen, ganz besonders Andreas Baum, Andreas Böttger, Anusch Thielbeer, Christian Baron, Friedrich Weltzien, Heike Arzapalo, Kai Pfeiffer, Maik Söhler, Meike Dölp, Mladen Gladić, Natalie Keil, Peter Becker, Susanne Berkenheger, Vanessa Karré – und meiner wundervollen, großartigen Tochter.

Berlin, im Herbst 2021: Klaus Ungerer

Das Fehlen
Klaus Ungerer
  Hardcover-Ausgabe
  1. Auflage, Berlin 2021
  Alle Rechte liegen beim Autor.

edition schelf
  Eine Gründung der Autoren
  Andreas Baum & Klaus Ungerer

www.edition-schelf.de

Klaus Ungerer
  c/o Block Services
  Stuttgarter Str. 106
  70736 Fellbach
  kung@edition-schelf.de

Lektorat: Andreas Baum
Gestaltung & Foto: Anusch Thielbeer
Druck & Bindung: ePubli – ein Service
  der neopubli GmbH, Berlin

ISBN 978-3-7549-2543-0

00004

www.epubli.de